SHANGHAI LITERATURE & ART PUBLISHING GROUP

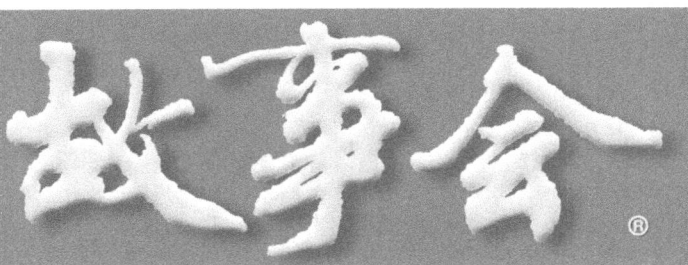

故事会
精品系列

怕老婆故事

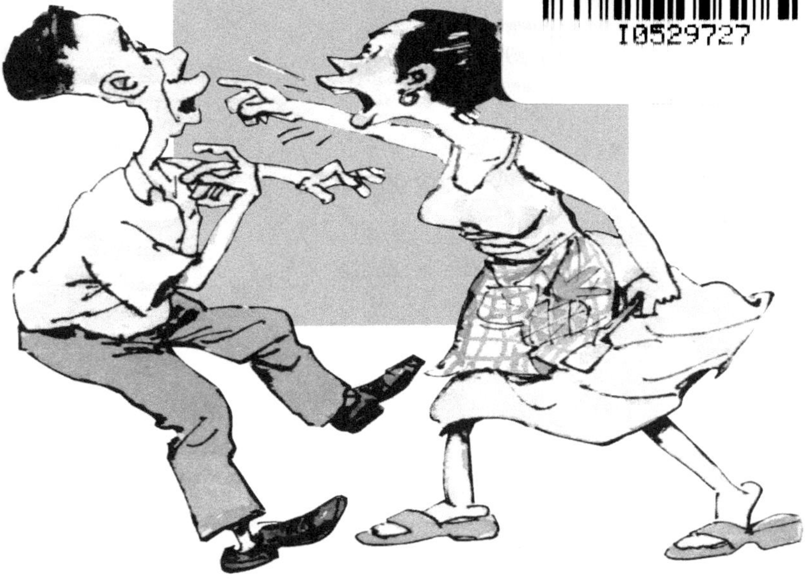

 上海锦绣文章出版社
上海故事会文化传媒有限公司

上海文艺出版（集团）有限公司

图书在版编目（CIP）数据

怕老婆故事 《故事会》编辑部编 – 上海：上海锦绣文章出版社
（故事会精品系列） ISBN 978–7–5321–1291–3
Ⅰ．①怕…Ⅱ．①故…Ⅲ．①故事 作品集 中国 当代 Ⅳ．I247.8
中国版本图书馆 CIP 数据核字（1999）第 41610 号

丛 书 名：故事会精品系列

书　　名：怕老婆故事

主　　编：何承伟

编　　委：何承伟　吴　伦　姚自豪　夏一鸣

责任编辑：刘迎曦　鲍　放

装帧设计：王　伟

责任督印：张　凯

出　　　版：　上海锦绣文章出版社

　　　　　　　上海故事会文化传媒有限公司

POD 海外发行：　中国图书进出口上海公司

　　　　　　　电话：021–36357888

　　　　　　　传真：021–36357896

　　　　　　　地址：上海市虹口区广中路 88 号

　　　　　　　邮编：200083

目　　录

苦 尽 甘 来

好运往往伴随难以想象的苦恼和弯弯曲曲的道路降临。

将虎作马

东北大兴安岭有个岭安村,村里有一对夫妇,男的叫王老实,女的叫王安芳。王老实果然老实,家里一切大小事务,全由老婆说了算,王老实只有奉命执行的义务,没有违拗回嘴的权力。虽说他们家里很穷,日子过得不怎么地,但由于王老实对妻子百依百顺,所以夫妻俩的感情倒也不错。

那年夏天的一个晚上,瓢泼大雨下个不停,风声雨声惊动了他家那头猪,"嚎嚎"地叫着要往外冲。这可急坏了王老实夫妻俩,王老实的妻子急中生智,命令丈夫拿了家中的白酒灌进猪的肚子里。这一招倒也见效,当场把猪醉倒,安安静静地躺下了。

谁知他们夫妻俩办完这件事刚回到自己卧室里睡下,一只老　闯进了猪圈。

这是只老掉了牙的老□,已经失去在山中追捕猎物的能力,只能到村子里干些偷鸡摸狗的事儿,以填饱肚子。它这一来,可就害苦了附近村民们了,今天丢一只猪,明天少一头牛,闹得家家户户惶惶不可终日。因此政府贴出公告说:谁能在不伤害这只老□的前提下将它捉住,奖励人民币两千元。可是两个月过去了,连老□的毛也没拔下一根。

老□已经饿了几天,今天趁风雨之夜来到岭安村,又闯进了王老实家的猪圈,正好又碰上了醉倒在地的猪,于是就狼吞□咽地吃了起来,三下五除二把一只猪连皮带骨统统咽进肚子里。它吃饱了以后,摇摇晃晃地也成了醉汉,摇进了马房,一头栽倒在地,"呼呼"地睡着了。

第二天凌晨,天还没亮,王安芳就催促王老实起床:"哎,风停啦,雨也住啦,快起来吧!"王老实揉揉眼睛:"天还没亮,起来干啥?"你忘啦? 咱们村老蔡在城里开了家'幸福'饭店,不是要找个服务员吗? 报名时间就是今天,你要去迟了就轮不上你了。快给我起来!"

老婆的话就是圣旨。现在老婆下令,王老实哪敢违抗! 他一骨碌从床上起来,拉开大门一看,却又犹豫了:"天这么黑,怎么走呀?""你不是熟门熟路吗? 看不见就摸着走嘛。""万一碰上老□咋办?""你还有点男子气吗? 拉倒吧,你不去我去!"老婆这一激,王老实只得硬着头皮出了门,来到马房,从墙上取下马鞍、缰绳和蛇皮鞭,然后走进马房,伸手去牵马。可马房里空荡荡的。马到哪里去了呢? 他压根就没想到马早被老□吓跑了。王老实顺着墙壁在马房里摸过来,又摸过去,终于摸到了躺在地上的老□,就拍拍它的身体说:"啊,我的老伙计,你躲在这儿呀! 起来,起来,咱们一起进城逛逛去。"

老□昨夜醉得不轻,现在正昏昏沉沉地睡得好香,哪里听得见王老实的说话。任由王老实扳开它的嘴巴,塞进马嚼子,用缰绳牢牢地拴住了它的头,再在它背上铺上马鞍,紧紧系牢腹带。王老实做好这一切,见它还躺着不动,就狠狠地踢了它两脚,说道:"老伙计,咱们走吧。"

老　正迷迷糊糊睡得挺香,这两脚把它给踢醒了,"呼"地一下站了起来。王老实一跃上了　背,两条腿一夹,鞭子一甩,赶着老　上路。这时,老　完全清醒了,只觉得浑身不自在,使劲抖动身子,想甩掉压在背上的包袱。王老实觉得奇怪,这马怎么一夜之间变得这样暴烈了呢? 他一边说:"老伙计,你今天是怎么啦?"一边夹紧双腿,还挥起鞭子往老　屁股上狠抽了两下。老　从未有过这种经历,想用爪子抓,可是够不着,用嘴咬吧,嘴里横着马嚼子,使不上劲,而屁股上又被鞭子抽得火辣辣的,只得忍痛狂奔起来。

从岭安村到幸福饭店不过八里路,一路上,老　奔奔跑跑,蹦蹦跳跳,一直未能摆脱王老实的驾驭,等到饭店门口时,天还没亮。王老实当然也没发现自己骑的竟是老　,仍然当作马拴到了饭店旁边的一棵树上,自己就坐到台阶上等开门了。

过了一阵子,天渐渐亮了。饭店蔡老板打开大门,见王老实坐在门口,就说:"唷,是你? 你来得真早呀!"王老实说,"今天我那马跑得特快,早就到这里啦!"蔡老板朝门外一望,不觉打了个"咯噔":"那树上拴的是马吗?"仔细一看,天呐! 那不是老　吗? 他吓得差点站不稳了,结结巴巴地问道:"你……你真是骑它……来的?""那还有假,我是用鞭子抽它赶来报名当服务员的,老板,你看我行不?"王老实说着扭头一看,啊呀我的妈呀! 他万万没想到自己会抓住老　当马骑,吓得一下跌坐在台阶上站不起来了。

蔡老板立即将这事向乡里报告,乡里又给县里挂了电话。消息一传出,四面八方的人都赶来看新鲜,一个个跷起大拇指称赞王老实,弄得王老实十分尴尬。

下午,一辆装有铁笼子的大卡车开到饭店门口,几个工作人员小心翼翼地将老 关进笼子载走了。接着又召开了表彰大会,乡长亲手给王老实挂上大红花,并当场奖给他两千元现金。当王老实把事情经过原原本本一说,大伙都乐得哈哈大笑。有人笑道:"王老实,你这两千元奖金是你老婆骂来的,你应该谢谢她,让她以后再多骂骂你!"人们一听又哄堂大笑。

(林 恃)

杀鸡得金

　　袁江在清河仪表厂是个出名人物。此人虽然生得腰宽体壮,牛高马大,走起路来步步生风,然而不知何故,他在妻子何丽的面前,如同老鼠见了猫,连大气也不敢出。在厂里,同事们嬉笑他为"床头柜"。

　　话说星期日这天早晨,忙碌了一周的袁江本想美美地睡个懒觉,然后再起床做饭、洗衣服。哪知天刚蒙蒙亮,妻子便一脚将他蹬醒:"快起床买菜去,今天我弟弟要带他的女朋友来玩。对了,鸡子要买大一点儿的。"她说罢,翻个身,很快又进入梦乡。

　　妻子的话在袁江听来,犹如圣旨,丁点儿不敢怠慢,他揉揉惺忪的双眼,忙起身穿好衣服下了床。提了菜篮子正欲出门,一摸衣兜,连个硬镚儿也没有。妻子是"财政大臣",一切都听从她的安排,袁江只好走进屋里,向妻子要钱。他见妻子睡得正香,不敢叫醒她,只得站在床前怔怔地等着,等了好一会,总算等到妻子翻过身来,他急忙弯下腰轻声说道:"何丽,我没钱买菜。"妻子没吭声,撑起身来,从衣兜里掏出两张十元的人民币递给袁江,又一溜身钻进被窝里。

袁江长长地舒了口气,出了门,放开脚步急匆匆赶到菜市场,来到禽货摊前。他从东头走到西头,问遍了所有卖鸡的价格,然后才在一位卖鸡的老人面前停了下来:"老人家,请你给我挑一只大一点儿的鸡。"

老人问:"是要公鸡,还是要母鸡?"

袁江一下子愣住了,刚才离家时忘了问妻子,这可怎么办?回家去问吧,又怕被妻子骂他是个木头脑袋;不问个明白,不中妻子的意,又要遭一顿臭骂。他左思右想,决定买一只公鸡。如果妻子要的是母鸡,就说没有卖母鸡的。

老人将一只大公鸡拴好,过了秤。袁江不放心,又接过秤来复称了一遍。"老人家,你能不能给我开张发票?"袁江将鸡子放进篮子里,边付款边问。

老人有些不解地反问道:"你要发票干什么? 还能报销?"
"我……我是给别人买的,回去也好有个交待。"

老人用手指着一圈卖鸡的说:"我们这些做小本生意的哪儿有发票。再说,我卖了几年的鸡,也从没见人要个什么发票,不信,你去问问别人。"

袁江回过头来,见好多人都看着他,觉得有些难堪,忙说:"我不要了。"说话间,他去提篮子,哪知篮子里空空的,鸡子不见了。这下子急得袁江不顾一切地大声嚷道:"谁个拿了我的鸡子?"

这时,马路对面有个络腮胡子回答说:"嚷什么? 我给你杀好了,回家洗洗就可下锅了,多省事。"

袁江见他一手操着刀,一手提着鸡,正笑着望着他,便气呼呼地走过去说:"谁叫你杀的? 我又没请你!"

络腮胡子仍笑眯眯地说:"师傅,你别生气,算我不对。别人杀只鸡五角,我只收你三角,这可以了吧。交个朋友嘛,权当你照顾我的生意了。"

袁江见鸡已杀了,再吵也没用,就摸出三角钱,说:"那你快点,我回家还有事。"

"这就好了。"络腮胡子说着话,已燎下鸡毛,接着开膛破肚,没几下就完成了任务。

袁江又说:"师傅,请你找个塑料袋,将鸡毛、鸡肠子和鸡嗉子给我装好。""你要这些东西干什么?""那你留着干什么?""好,全给你,这鸡血也给你。"络腮胡子边说边将那些乱七八糟的东西装进了塑料袋。

袁江收拾好东西,又到其他摊位上买了几样菜。回到家里,何丽已起床,正在收拾房子。

"买的菜怎么样? 我瞧瞧。"何丽放下手中的活儿走过来,从篮子里提起那只鸡,看了看说:"是公鸡还是母鸡? 斤两够不够?"

"菜市场上今天没有卖母鸡的。"袁江说着掏出剩下的钱递给何丽,"这只鸡的斤两保证够,我还复了秤。不信,你重新称一称。"袁江边说,边从篮子里提出一只塑料袋递给何丽。

"这是什么?"何丽问道。

"鸡毛、鸡血、鸡肠子和鸡嗉子。"

"你把这些脏东西拿回来干什么?"

"不拿回来,你要是复秤,不够咋办? 不然又说我短斤少两省下钱来买烟抽了。"

"真是恶心人,给我扔了。"

袁江刚转身,何丽又叫道:"不要扔了,你把这些东西洗干净,好喂小花猫。"

袁江自认倒霉,又不敢再吭声,只好按照妻子的话去做。当他打开鸡嗉子,朝灰兜里翻倒脏物时,他的两眼怔住了。

"何丽,你快来看这是什么?"袁江高兴地叫道。

"又犯啥神经病了?"何丽嘴里唠叨着走出来。

"你瞧,这一定是粒砂金。"

何丽忙从袁江手里接过来,掂了掂重量,又到凉台上迎着太阳照了照,笑着说:"你拿到大门口银行里鉴别一下,快去快回。"

袁江去了没多大会儿就回来了,一进门就笑着说:"何丽,这是真的,值几十元钱呢!"

"瞧你这个傻样子,快去干活。"何丽拿着那粒砂金,转身进了里屋。

袁江朝里屋努努嘴,又坐下来忙开了。

自此之后,同事们再叫袁江"床头柜"时,他不气也不恼,还"嘿嘿"直乐呢!

(张省如)

忍无可忍

老王是个动笔杆子的老实人,他的老婆是摆水果摊的,可是个少有的厉害女人。她刻苦、勤劳,就有一点不好,爱骂人,骂起来能一口气骂遍老王十八代祖宗。老王被骂得实在受不了,他真想登个广告,和聋子换老婆。

有一天,老王奉老婆之命去五金商店买一辆小三轮车。一个长得挺秀气的姑娘见了老王,像唱歌一样介绍道:"本店商品质量可靠,实行三包,信誉至上,请多多关照!"老王受宠若惊,忙付了三百多元钱买了一辆车,拉着就走。他老婆见买来了新车,忙蹬车去买水果。谁知这小三轮一载重就散了架,气得他老婆破口大骂,命令老王立即拉破车去商店交涉。

老王灰溜溜地拉了破车直奔五金商店,见到那个长得挺秀气的姑娘,脸上堆起笑容,轻声慢语地说:"同志,对不起,刚才你卖给我的这辆簇新的破车,请费神给换一下。"

谁知那姑娘好像没听见,理也不理老王。一个小伙子营业员眼睛一瞪:"我们卖给你的是好车,你从哪捡了辆破车来?去去去!"

老王见他们不认账,低声下气央求道:"说话要实事求是,我也不会平白无故来找你们麻烦。"他用手指指那个长得挺秀气的姑娘道,"是她亲口说的,质量可靠,实行三包,要取信于顾客才是。这辆车三百多元钱,我怎么损失得起……"

老王话没说完,那姑娘转过身,杏眼一翻,柳眉倒竖,斥道:"三百元啥稀奇,你懂不懂出门不认货?谁知道你这车是捡的、换的还是撞车翻车损坏的,来敲竹杠捞一笔。看你这老僵尸,还是个老财迷,这破车给你带进棺材去!"

老王没想到她会开口骂人,实在忍无可忍:"你讲不讲理?什么态度?我要找你们领导!"

姑娘淡淡一笑:"请便,经理是我表哥。""我写信到报社登你们的报!""带没带照相机?姑娘我正想到报上扬扬名呢。""我、我到工商局告状!""局长是我大舅父,请吧。"

这下子可把老王气坏了,正在束手无策时,他的老婆风风火火赶到了。她见老王呆在那儿,开口就骂:"没用的草包,前世吃了哑药,屁都不放一个,怕被割了舌头,还是爹娘没生嘴巴?"

骂了老王之后,只见她脸红得发亮,眼似铜铃,瞪着两个营业员,怒气冲冲地"噔噔噔"走近柜台:"喂!这破车到底给不给换?喂喂,里头的是哑巴、聋子还是死尸?如爹死娘葬该回家去嚎丧,不该守着店堂变灵堂……"

那姑娘见这土里土气的妇女竟敢骂上门来,鼻子一哼,开口道:"哇啦哇啦干啥?你姑奶奶没死,用不着你披麻戴孝。捡来破车来换新车,叫花子做梦得元宝,除非财神菩萨是你相好。哼,自己也不照照镜子,人不像人,鬼不像鬼的东西,也到这里来装疯卖傻学鬼叫。商场不是看牛场,有本事关门去对老公练嘴皮。"

"你竟敢骂我?"老王老婆一声怒吼,打开骂闸,"瞎了你的狗眼这不是你们卖的破车黑心店赚黑心钱还说啥质量可靠实行三包信誉誉至上顾客第一五讲四美文明礼貌职业道德服务态度要好都统统放的狗屁强盗店骗我血汗钱一个个都天打火烧老 拖不得好死你这妖里妖气人模狗样的下流坯子白骨精前世做婊子今世你扒灰的爷爷和你妈相好生下你这小妖精还自不知耻大姑娘生私生子被捉奸打得半死恶有恶报定当生梅毒烂死下世做狗娘姘狗相好不计其数……"

老王老婆一口气像扫机枪似地将商店及姑娘从祖宗骂到来世,她这高超精彩的相骂,把围观的人都笑得直不起腰来。老王心里暗暗叫好,禁不住对老婆产生钦佩之情。他觉得老婆平时使他闻声丧胆的尖尖细细的骂声,此时听起来也十分婉转悦耳。那个自以为骂人也有点水平的姑娘,生平没见过这种"机枪"式骂法,顿时被骂得三魂出窍,方知强中更有强中手。她既羞又恼,气得浑身筛糠,咬牙切齿地发狠:"好、好一个相骂精,你骂,你骂,看你还能把新车骂去……"

谁知这时那个初出茅庐不自量力的小伙子,竟怒气冲冲地将手伸出柜台,捋住老王老婆的胳膊:"哪里来的泼妇,竟敢到这里来骂山门,像疯狗一样见一个咬一个,扰乱商店治安,送派出所去!"

"抓流氓!"老王老婆尖叫起来,"大家看看这小流氓青天白日吃老娘豆腐我和你十八代祖宗相好生下你这小畜生不喊娘还要戏弄老娘正好到派出所讲讲清爽你这狗娘养的短命鬼白刀子进红刀子出下世做猪……"

小伙子被骂得脸涨成猪肝色，立即忙不迭松了手。这下两个营业员都面面相觑，再也不敢吭声，摆出一副任凭你骂得昏天黑地、我如泰山岿然不动的架势。

这时，老王以为老婆这下没辙了，谁知她端了张椅子往商店门口一放，然后往椅子上一坐，说："你们有本事装聋作哑，我就天天来侍候。"接着一把眼泪一把鼻涕地数落起来，"天底下哪有这种强盗店卖废品次品破货烂货这破车要卖三百元我辛辛苦苦忙忙碌碌做小生意赚一分两分的钱容易吗骗我血汗钱给你们打针吃药砌坟做棺材还要倒贴三万元……"

从老王老婆开骂起，没有一个顾客进门，看热闹的人倒挤得水泄不通。这时一辆摩托车"嘎"地一声在店门口停下，从车上跳下来一个中年男子，他一见这状况不由勃然大怒，指着柜台里像插蜡烛的两个营业员大声吼道："你们是干什么吃的？我刚刚花几千元钱去做广告，你们却让一个妇女在店门口守着破车又骂又哭做反广告，不做生意不开店了？"接着他麻利地拉过一辆新三轮车，满脸赔笑地对老王老婆说："大嫂，真对不起，我们的营业员态度不好，惹您生气了，我们一定要严肃处理。本店一向信誉至上，顾客第一，对任何商品都严格实行三包。这辆车你先拉去，如不好使请再来调换……"

老王老婆拉起新车往家中走去，老王一溜小跑跟在老婆后面，竖起大拇指赞道："骂得好，骂得好！有水平！"他老婆回转头，瞪了他一眼："你骨头发贱了是吧，想讨骂？"老王吓得一缩脖子，老婆继续 训道："马善被人骑，人善被人欺。你和他们讲理，他们就把你当豆腐捏。哼，如今是会写不如会讲，会讲不如会骂，欺软怕硬，老实人吃亏。你这种笨秀才，办事顶个屁！饭桶，阿木林……"他老婆说着说着，又骂开了。骂得老王直缩脖子……

（吕再生）

盗羊受赏

　　从前有个叫常走运的人,他起这名字,为的是图个吉利。

　　常走运有个优点——怕老婆。怕老婆算啥优点呀?有趣就有趣在他因为怕老婆才走了好运。

　　常走运家邻居养着一只白羊,这只羊长得又白又顺溜,常走运的老婆看着眼馋,就叫常走运去偷。

　　常走运从没偷过人家东西,一说到偷,他就发怵,心里打颤,可是老婆分配下来的事,又不敢不去,就硬着头皮去了。

　　这天,老天爷帮忙,是个阴天,天上既没星星,也没月亮。偷的客观条件不错。常走运紧了紧腰带,蹑手蹑脚来到邻居家门口,拿出小刀就去撬门,可用手一推,门就开了。常走运可高兴啦!心里说:我常走运真是运气不小,天助我也!

他走到院里，一眼就看见那只羊，他走过去，把羊解开，用力一牵。哪知这羊不但不跟他走，相反竟"咩咩"叫起来。原来这只羊认生，越拉越往后退，还不住地叫。

羊主人听到羊的叫声，急忙穿好了衣服出来，一看有人偷羊，就悄悄过去把大门插上，然后大喊一声："大胆的毛贼！哪里跑！"

常走运吓得魂都飞了，忙丢下羊，三步两步跑到门口一看，门插着了。他拼命拽了两下没拽开，就被羊主人抓住了。

羊主人抓住了常走运，连夜把他扭送到县城，交给了执班的衙役。

到了天亮，县太爷就坐堂审问。常走运跪在大堂上，县太爷一拍惊堂木说："呔！大胆的毛贼，竟敢夜入民宅盗取羊只，法度难容，你可知罪？"

常走运本来就是个胆小怕事的老实人，长这么大还是头一回到这个地方来，吓得心惊肉跳，只好实话实说："回县太爷，不是小民去偷羊，是我老婆叫我去偷羊，她叫我去，我不敢不去。"

县太爷听了一愣，一摸耳朵说："什么，什么？你再说一遍！"

常走运又说："不是小民去偷羊，是我老婆叫我去偷，你不信到我们村去问问，全村都知道我怕老婆。"

县太爷说："你抬起头来！"

常走运说："小民有罪，不敢抬头。"

县太爷说："恕你无罪。"

常走运抬起头。县太爷仔细端详半天他的相貌，说："你说的可是实话？"

常走运说："没有半句谎言。"

县太爷说："平时你听你老婆的吗？"

常走运说："她让我上东，我不敢上西；让我打狗，我不敢鸡，俺们村的人都可做证。"

县太爷摸摸胡子,开口道:"真看不出你有这种美德,很好,很好,快快请起,赐坐赐坐。"

常走运站起身来,坐在衙役们搬来的椅子上。

县太爷晃着脑袋说:"吾辈为官者,处理公务时,都是唯夫人之命是从,尔等庶民更应如此。你不违妻命的行为,本县境内堪称楷模,当得众人效仿,理应嘉奖,本官赏你百两纹银,以资鼓励,下堂去吧。"

常走运赶紧叩头道:"谢谢县太爷!"

县太爷说:"不要谢我,这是我夫人的意见,应谢我的夫人。退堂!"

(王汝芳　耿建华　搜集整理)

小子出嫁

在很早以前,有这么一家子,没有儿子,只有闺女。男的是个老实忠厚的庄稼人,自己也没有心路,家中的大小事儿都由老婆管,老婆让他干啥他就干啥,人们给他起了个外号,叫"真听话"。

女的是个精明强干的人,当个宰相都可以,她心地善良,常用钱周济穷人,人们给她起了个外号,叫"好积德"。

两口子在一个山村小镇三岔路口开了个酒铺,两张桌子,几条板凳,没有名酒好菜,只有家酿老酒和豆腐干、咸鸡蛋和花生豆之类的小菜。酒店虽小,但牌子的口气可不小,上写"四海酒店"。门口还有副对联,上联是:李白问道谁家好?下联写:刘伶回答此处高。

这儿四通八达，来往行人络绎不绝。酒店门前放一张茶桌，上边放着茶壶茶碗，行人们喝水分文不取。有进店喝酒打尖的，夫妻俩更是热情接待，笑脸迎送，因此生意十分兴隆。

一天，一位道士进店喝酒，这道士身背宝剑，手执拂尘，身穿破道袍，脚下的靴子掉了底。他走进店里坐下，单手当胸，口念："善哉！行善的施主，布施点酒喝吧！"

好积德立即端了一大碗酒和两碟小菜摆在道士面前，道士端起酒来，用鼻子闻了闻说："好酒，好酒。"一仰脖子干了后还要。他一连干了三大碗，抹了抹嘴，连个道谢话都不说，抬脚走了。

真听话见道士没给钱就走，拔脚要追，被好积德一把拉住说："这是位穷老道，三碗酒算什么，喝就喝了吧。"

第二天，老道又来了，还领来了一位拄拐的瘸子，进门坐下就要酒要菜，每人三大碗酒，两盘菜，喝完了抬脚又走了。

真听话嘴里说着："让我追上去要酒钱去，两个人就是六碗酒啊。"

好积德又一把拉住丈夫说："他们出家人，游荡江湖，传经布道，身上哪有钱，喝了就喝了吧。"真听话嘴里不敢再说什么，可心里不服气，自言自语在心里说：就知道积德行善，咱没有儿子，就一个女儿，闺女一出嫁，连个养老送终的都没有，现在不积点钱放着，老了谁管？

第三天，穷老道又来了，并且领了两个来，一个是昨天的瘸子，还有一个是敞腹露怀手拿大蒲扇的胖子。三个人也不客气，进门每人要三大碗酒，两盘菜。好积德还是笑脸相迎，把酒菜摆到了桌上。

真听话站在旁边，看着老婆，不敢说话，直生闷气，肚子里发着牢骚：你爱行好，行吧！一天多一个，前天赔了三碗，昨天赔了六碗，今天赔九碗，连个儿子都没有，把本都赔进去，老了谁管？

怪不得人家说,狗驾辕,猫拉套,老婆当家瞎胡闹。这不是瞎闹吗?但他又不敢在老婆面前胡说什么。

三人喝完了酒,还是不给钱,只是从怀中掏出一粒药丸,一个牛皮纸口袋,递给好积德,说:"等你女儿出嫁那一天,让你女儿吃了它,保一辈子不生病,还会大喜到你家。这小纸袋千万别看,你家以后有场官司,非到大堂上别拿出来,到升堂时候把这小纸袋交给县太爷,你家的官司就赢了。"说完,三个人不见了。

这三个人不用说您准能猜出:头一个是吕洞宾,第二个是铁拐李,第三个是汉钟离。都是八仙里的人物。可是真听话和好积德谁也不知道。

寒去春来,夏去秋来,这年到了凉爽的秋天,真听话女儿的婆家送来婚书,说在完场后娶媳妇。女大不当留,人家要娶,就得送。等女儿临上轿时,好积德忽然想起那道士给的那粒小药丸,便取出让女儿吃了。接着就是鞭炮齐响,鼓乐齐奏,花轿抬起,吹吹打打把女儿抬到了婆家。拜完了花堂,入了洞房。

谁知到了深更半夜里,新郎穿上衣服气呼呼地跑到爹娘屋里。爹娘一见说:"新婚之夜,你不陪伴你媳妇,跑到这里来干什么?"

新郎说:"他家骗了咱,新娘子和我一样,是个男的,咱得告她家去,这不是捉弄人吗?"

爹爹听了儿子的话,半信半疑,就叫老伴过去看看。工夫不大,老婆连呼带喘跑了过来,说:"我的妈呔,哪是什么大姑娘,分明是个货真价实的大小子呀!"

爹爹听了可气坏了,用手一拍桌子,说:"真听话和好积德这两口子,真不是好东西!算计人算计到咱的头上来了,明天到衙门告他去!"

第二天,新郎家到县衙告了状,县太爷也为此生了气,立即派人把真听话家两口子传到大堂上受审。

县太爷把惊堂木"啪"一拍，说："真听话！你知罪吗!?"

真听话说："启禀老爷，小民是个开小酒铺的，从来没有多收过一文钱，小民实在不知身犯何法，请县太爷明示。"

县太爷怒道："大胆的刁民，竟敢拿儿子当新娘，骗人家彩礼，该当何罪？还不从实招来，不招动大刑！"

真听话哪见过这种场面，早吓成一摊泥，哆哆嗦嗦说不上话来。

好积德心里想，自己的女儿怎么会假，于是不慌不忙、不紧不慢地说："大老爷息怒，小民一向安分守己，全村镇谁人不知，谁人不晓。我家就一个女儿，上哪弄个儿子冒充女儿送去？绝没有男扮女装之事。这是亲家诬告，望大老爷明察。"

县太爷听了，觉得有理，又问原告，原告一口咬定，新娘子确实是个男的，如有半点虚假，甘愿受重罚。

县官听了双方的诉述，一时没了主意。这时县太爷夫人从后帐走出来。县太爷一见夫人出来了，心里有了底。因为凡是断不清的案子，只要夫人一插手，准弄个水落石出。原来县太爷也怕老婆。

夫人来到他面前，细声细语地说："老爷，既是原告、被告都咬这么硬，何不把原告父母、被告父母和新娘子一块带到后堂，老爷做中人，检验身体不就真相大白了吗？"

县太爷一听高兴地说："还是夫人高见，来啊！把原告、被告带到后堂！"

经过验身，新娘确实是个男的。

返回大堂，县太爷一拍惊堂木："大胆刁民！还有何话可说！"

真听话顿时吓傻了。

好积德还是不慌不忙，从袖里掏出穷老道给的牛皮纸小口袋，双手举过头，说："老爷，请看这个。"

县太爷当是银子,说:"老爷从不收礼,该判就判,在大庭广众面前别来这一套!给我重打四十!"

县太爷夫人阻拦说:"慢!官不打送礼的,接过来!"

夫人说了话,县太爷哪敢不听。他双手接过纸袋,从里边抽出一张纸条,只见上面写道:"好积德来好行善,膝下一女无儿男,赐她一粒金丹药,服下肚去女变男;县令闺中有二女,正好堂前配两男,如若不遵我等意,必有灾祸降眼前。"下款书名:吕洞宾、铁拐李、汉钟离。

县官看完,心想:此乃仙人作媒,给我两个女儿选择佳婿,这才真正的是天配良缘。再看看这两位少年特别英俊,十分高兴。他站起身来,走下大堂,和原告、被告说明原由,两家人听了都又惊又喜,于是就将大堂变成了花堂。县官派人从后堂搀扶出两位千金,大女儿和原告新郎,二女儿和被告新娘子变的小伙子,双双拜了花堂。事后,两对新人跟着自己的父母各自回了家。

晚上,真听话和好积德躺在炕上,高兴得睡不着觉。真听话说:"一开头,人家说我怕老婆,叫我真听话,我还不好意思呢。现在看,还是怕老婆好,怕老婆怕得女儿变成了儿子,还娶了县太爷的千金小姐。咱要告诉咱女儿变成的儿子,让他也怕老婆,让怕老婆的家风一代一代传下去!"

一番话说得好积德开怀大笑起来。

(王汝芳　耿建华　搜集整理)

杂役升官

有个姓毛的放官湖南泪罗县任县令。这位县令学识渊博，生性秉正，勤政清廉。他头天到任，第二天一早，便召集县衙里的师爷、总管、狱吏、公差、捕快及杂役一应人等，坐堂议事了。

新任县太爷头一回升堂议事，整个县衙内人人心怀忐忑，个个提心吊胆，不大一会儿工夫，几十个人便鸦雀无声地站立在公堂上。

毛县令咳嗽一声，有板有眼地对众人训起话来："本县业已到任，从今以后，尔等均需奉公守法，恪尽职守，不得有误！"

众人一同低头，齐声答道："是！遵老爷训示！"

"嗯嗯嗯嗯！这就好好好好！"毛县令手捻胡须，微微点头，接着把手往右边一指，对众人吩咐道："尔等都站到这边来！"

众人不明其意,糊里糊涂地忙挤到了右边。

毛县令又手捻胡须,微微点头,忽又把手往空出来的左边一指,一字一板地说道:"尔等有在家惧怕妻室者,站到左边来。"

众人以为自己的耳朵出了毛病,这位新上任的县太爷怎么这般蹊跷,莫非要惩罚我们当中那惧怕老婆的么?其中,唯有那师爷,心中暗暗发笑。师爷为人精明,官场通达,在毛县令将来汨罗前,他便从京城刑部为官的亲家那里探听到毛县令是天下第一个怕老婆的人。昨天毛县令到府,他抢先前去拜见。从这位新任县太爷的言谈话语、举手投足之中,证实他真是个怕老婆的人。俗话说"英雄惜英雄",师爷想县太爷要看看手下人谁怕老婆,必然对他备加重用,于是,便毫不犹豫地走出人群,站到了左边。

毛县令见师爷站到左边去了,便手捻胡须,微微点头。

右边人群中那位狱长,一向与师爷相交甚厚,深知师爷是个人精,他想跟着他做不会吃亏,他也站到左边去了。

这时有位捕快是狱长的朋友,他不仅知道师爷是个专讨便宜不吃亏的人,也晓得狱长与师爷一向过从甚密,这会儿见他们两个一前一后地站到左边去了,也跟着站过去了。

有两个头子活络的公差,你捅捅我的胳膊,我踩踩你的脚尖,两人顿时会意,跟着也站到左边去了。

这样一来,留在右边的人慌神了,有真怕老婆的,也有不怕老婆的,一见这阵势,"哄"地一下,争着抢着都挤到左边怕老婆的行列中去了。

此刻只有县衙里当杂役的小个子张升,耷拉着脑袋,局促不安地仍然站在右边,成了不怕老婆的孤零零的唯一一人!

毛县令手捻胡须,把脸沉了下来,两眼紧紧盯住张升问:"你怎么一个人不站到人多的左边去?"

张升吓得"扑通"跪倒在地,拖着哭腔道:"小的回老爷的话,小的内人对小的说过:'人多的地方,不许你去!'"

毛县令连忙问:"你的内人果然厉害?"

张升连忙回答:"正是!"

毛县令再问:"你果然极怕你那内人?"

张升诺诺连声:"那是!那是!"

毛县令大喜过望,心想,怕老婆怕得这般真切,怕到这步田地的人,天下还真是不多哩!他把手中的胡须一甩,击掌赞赏道:"好个张升!从即刻起你不必再充当杂役了,本县升任你为捕快之职!"

中午,张升乐颠颠地回到家里,把今日县太爷如何升堂议事,自己又如何升了捕快的经过,一五一十地向他老婆陈述了一番。不料,话没说完,就"啪"地被老婆扇了一记耳光。只见老婆圆目怪睁,怒气满脸,对张升喝道:"你怎敢满嘴喷粪?你光记住了我叫你'人多的地方别去',可怎么竟忘记我不许你在众人面前谈我对你厉害,说你怕老婆!这回新上任的县太爷也晓得你怕老婆,晓得我是个母老 了。我的老天,这可叫我怎么好?"

张升吓得两腿一软,跪倒在老婆面前,连声认错。

老婆一脚踢过来,喝令张升自己掌嘴。张升哪敢违抗,左一"啪",右一"啪",自己左右开弓地猛抽起自己的嘴巴子来了。

下午,张升走进县衙,毛县令一见他两边的腮帮子红肿透亮,惊得忙问是怎么回事。等张升说明原委后,毛县令又感动又纳闷,便问:"张升!我来问你,你怎么这般怕你老婆呢?"

张升犹豫了一下,还是照实禀道:"回老爷的话!我家三代单传,我爹快到五十岁时,才得了我这么个独生儿子。他临终前我还年小,可他老人家还是把我叫到床边,拉着我的手很是放心不下地对我说:'你日后长大了,若是能讨上老婆,你千万千万要怕你老婆才好啊!你要明白,怕老婆的男人能添福啊!爹这一辈子若不是怕你娘怕得不含糊,爹能有你这个宝贝儿子么?"

　　毛县令一听,这才深有所悟:原来张升怕老婆怕到举世无双的程度,都是相传的缘故呀!他愈加从心里感佩张升,禁不住传话说:"张升不必充任捕快之职,从今日今时起,再升任你为本县狱长!"

　　张升一听,吓得屁滚尿流,他怕这一晚上不知要罚跪到何时,自己给自己掌多少记嘴巴呢!

（聂建长　搜集整理）

无 妒 不 爱

妒表现出来的是粗暴、专横、野蛮,像荆棘一样刺人,可它却含着温柔的爱。

"老瘾头"犯难

　　无线电厂供销员老潘,平生别无嗜好,只爱抽烟,是一位有三十年烟龄的"老瘾头"。三年前,他的独养儿子死于车祸。晚年丧子,是人生中最大的悲哀,老瘾头从此一日三包烟,嘴不离烟,烟不离嘴,他是用吞云吐雾来排泄心中的哀丧!

　　他的老伴李阿姨不会吸烟,儿子死了,她积郁成疾,脑神经好像黄梅天的电线,常常发生"短路",一旦发病,又哭又闹,弄得四邻不宁,更闹苦了老瘾头。

　　有一天,李阿姨又捧了儿子遗像长吁短叹,暗自落泪。老瘾头看在眼里急在心里,他见邻居们经常相邀一起"筑方城",就串通他们怂恿老太婆上阵,想以此分散她的注意力。谁知,李阿姨上阵之后,赢的少,输的多,经常输得袋袋布贴牢袋袋布,为此,她得了个响当当的外号:李输光!

李阿姨麻将台上输了钱,只好在日常开销中克下钱来,有时弄得伙仓也开不出。对此,老瘾头当然有意见,他几次想劝老太婆适可而止,但话到嘴边又咽下了。他担心老太婆离开麻将台,又会捧起儿子的照片,一旦旧病复发,苦了她,也苦了自己啊!所以,每当李阿姨输钱回家,老瘾头装笑脸说:"打牌图个开心,输了钱譬如你发工资给他们,你请他们陪你玩,他们也要拿工资啊!"

可是,这一天,李阿姨又输了钱,一进门就板着脸责问老瘾头:"你老实交代,背了我藏了多少私房钱啊?"

"私房钱?我哪来私房钱?每月工资我按工资单上的数字全部上交,你给我七十元钱抽香烟,最近烟涨价了,我就抽人家不爱抽的高宝烟,你瞧……"说着,老瘾头从袋里摸出一包高宝牌香烟,一捏,还是个空壳子。他摸摸身边的袋袋,只摸出五角钱,就摊开手说:"老太婆,到月底了,能不能补助几元钱?"

李阿姨打开抽屉,从里面拿出一包烟递给老瘾头,说:"我也不相信你有私房钱,可是隔壁钱大姐说得有板有眼,说你上个月18日去银行存了两千元钱,可有此事?"

"我去银行她怎么知道的?"老瘾头愣住了,两眼直勾勾地望着李阿姨,不知说什么好。李阿姨见他漏了口风,心里好气啊:"老头子,我们四十来年的夫妻,你也快退休的人了,对我还信不过,背了我藏了两千元存款,你说,这钱从哪儿来的!"

"不不不,没这事……"老瘾头矢口否认,他端来凳子,让老太婆坐下,又倒来开水递给老太婆,说:"你别听别人瞎说,我们老夫老妻啦,你的就是我的,我的就是你的,我为啥要背着你藏私房钱呢?"

"可是人家钱大姐说得有鼻子有眼,上月18日你去银行存了两千元钱,这事你不交代清楚,说明你不信任我,反正,我儿子也没了,老头子又不相信我,我做人还有什么味道……"说着呜呜哭了起来,这下,可难死老瘾头啦。

原来，老瘾头见老太婆迷上了麻将牌，输钱连家都不顾了，不由多了一个心眼。他想：今后万一家中发生什么意外，叫我拿什么去应急呢？于是，他把抽了三十年的香烟戒了。每月从老太婆给他的七十元抽烟钱中省下六十元，参加单位里集体有奖储蓄。为了瞒过老太婆，老瘾头白天在单位里戒烟，晚上回家还故意抽几支打打掩护，有时还特意拾几个空烟盒装装门面，好不容易储了一年，去年银行开奖，老瘾头中了个头奖，得奖金一千元。上个月18日，他把奖金和全年的本息并在一起，凑满两千元存了定期，谁知被隔壁钱大姐发现了，他别的不担心，只怕老太婆知道他戒了烟，停发每月七十元的抽烟钱，断了他的财路。所以，他苦口婆心再三劝说："老太婆啊，我与你相处这么多年，我的为人你还不相信，别听人家瞎说，我们吃饭吧，你打牌累了，我去准备晚饭。"

老瘾头说完，转身正要走，单位里的工会主席阿根师傅串门来了。阿根师傅一进门就嚷嚷："老瘾头，你戒烟戒出名气来了……"

老瘾头见他嚷嚷"戒烟"，要坏他的事，忙从身边摸出一包刚才李阿姨给他的补助烟来，递上一支，想塞住阿根师傅的口："来来来，阿根师傅抽烟——"说着，他自己也叼起一根香烟，而且点燃了，大口大口地抽了起来。这一来，把阿根弄糊涂了："老瘾头，你怎么又抽烟了？"

"我叫老瘾头，怎么不抽烟？"说着，朝他眨眨眼睛，示意他不要让老太婆知道自己已经戒烟了。

阿根师傅没有领会他的意思，见他挤眉弄眼的很是生气："老瘾头，你这人向来老老实实，为什么在戒烟问题上搞两面派？"

"阿根师傅啊，你在说什么？老头子戒烟了？"李阿姨也听出点名堂来了。阿根师傅很生气，他告诉李阿姨说："你家老头子抽了三十年的香烟，他下决心戒了，省下香烟钱参加了集体有奖储蓄。去年还中了头奖，得到一千元奖金。在他带动下，他们供销科成了无烟科。谁想到,他在家里抽烟……"

老瘾头见阿根把他的底全揭穿了,急得他双脚跳:"你,你,你来做啥?你不开口,我不会把你当哑巴的!现在把我的秘密全揭穿了!"

李阿姨全明白了:"老头子啊,钱大姐看到的两千元是你戒烟省下的?"

"老太婆啊,为了这个家,我不得不留些备用钱啊,你不能把我七十元的抽烟钱扣除啊。"

李阿姨闻言,人像着了魔似地站着一动不动:老头子为了积些钱,白天戒烟,晚上抽烟,真是一番苦心,一片真情啊……她忍不住眼泪"簌簌簌"直往下掉。老瘾头见了着急起来,儿子出车祸时,老太婆也是这样神情呆滞地望着自己直掉眼泪,久而久之就发病了,今天会不会再发病呢?他焦急地伸出颤抖的手,帮她拭去眼泪,说:"你怎么啦,如果心里不痛快,我们吃了饭,再找一个人来,让我和阿根一起陪你玩麻将,钱嘛……"说着,老瘾头抖索着手从袋袋里摸出五角钱,"嘿嘿,假如我输,先记个账,明天还你们……"

李阿姨望着这五角钱,走到老瘾头身边,对着他的耳朵轻轻地说:"你戒了,我也戒了,今后不玩牌啦!"

"真的?"老瘾头激动得热泪盈眶,老两口你望着我,我望着你,带着泪痕的脸颊上,都漾起会心的笑容。

（黄宣林）

"地头蛇"认输

　　中州空调器厂工程师孟祥龙,被妻子岳青凤列为家中"四把手"。其实,算上女儿全家才三口人,可他却被妻子排到了那只临产的小花猫后面,形成了名符其实的"阴盛阳衰"。同事们开玩笑,问他这堂堂一条"龙"为何一到家就成了一条"虫"?祥龙总是无可奈何地双手一摊,学着电影里那广东普通话来上一句:"没有办法啦!我系(是)强龙压不住地头蛇啦!"

　　说起"地头蛇",青凤还真是地地道道的本地人,据老辈人讲,打朱元璋做皇帝那天起就没挪过窝,直系亲属不说,沾亲带故的少说也有一个加强连,难怪青凤有事没事就威胁他:"你要惹了我,我让亲戚一人拍你一巴掌,准能把你拍成个发面馒头!"

　　这天下班,祥龙一进家,照例又急急往厨房钻,却被青凤一把扯住:"干啥去?"

祥龙忙赔笑脸:"亲爱的,我去给咱宝贝女儿准备晚饭,这两天不是考试吗?"

"哼,今天都放寒假了,还考哪门子试? 中午就叫大姨给接走了,装什么糊涂!"

"哟,瞧我这记性,该打该打。亲爱的,我先去喂猫,然后再给你做饭……"

"别献殷勤了,我全干完了。看!"青凤说着将祥龙拉到客厅。

祥龙一见,惊奇地叫了起来:"哎呀,这么丰盛呀! 今天是不是咱们的结婚纪念日呀!"

"别冒傻气了,今天我一位远房表哥专程从国外来看咱们,你可一定要陪好!"

祥龙"啪"地来个军礼:"遵照夫人指示:少喝酒,多吃菜;够不着,站起来,划拳行令手慢嘴要快,赢了和他猜,输了跟他赖……"

青凤一挥手:"去去去! 那是跟外人喝酒的方针,跟俺亲戚少来这个,人家国外不兴这一套。到时看我眼色行事,别掉份儿……"

青凤话音刚落,只听门一响,走进一位提密码箱的中年人来。青凤忙迎上去介绍说:"祥龙,这就是我常提起的咱表舅家的大表哥,是在国外做大生意的。"

表哥寒暄几句,便打开密码箱取出一个小方匣来:"多年不见,带几件小礼品,项链给妹妹戴,手表和小闹钟给妹夫和孩子。它是国外最新产品,能用英语、汉语报时、唱歌。小玩意儿,不成敬意,见笑了……"

祥龙正想推辞,见青凤已喜滋滋地接了过来,只好作罢。

三人说着话,便围着圆桌坐了下来。青凤斟上酒,朝祥龙使个眼色:"表哥多年不见,你可要陪表哥多喝几杯,按咱这老规矩,先干三杯!"

祥龙遵照青凤指示,同表哥喝了几杯,便海阔天空地聊了起来。表哥吃了一口菜,感慨地说:"好久没吃到家乡菜了,国外是没这口福的。"

祥龙趁机问道:"不知表哥在国外是做什么大生意的?"

"混口饭吃罢了。"表哥又喝口酒说,"我刚上大学就赶上'文化革命',一念之差去了国外,现在在一家小分公司挂个经理。唉,还不是端人家外国老板的饭碗……不提这个,喝。"说着又同祥龙干了一杯,然后又对着青凤恭维说,"表妹,你好福气呀,找了个有才华的先生。"

"什么福气!一个小小工程师,每月也不过挣个仨瓜俩枣的!"

"话不能这么说,我早听说妹夫是中州厂的台柱子,他们厂的空调器,在我们那里响得很呢!"表哥说罢,接着小声问祥龙,"据说,你们厂正在研究一种新型产品清洗剂?"

青凤一拍手:"表哥,这回您可算问着了,就是他搞的,都鉴定过了。"

"太好了!"表哥兴奋地对祥龙竖起了大拇指,"妹夫,表哥这次来是请你帮忙的。""找我?"祥龙疑惑地看了看表哥,"我对生意可是一窍不通呀!"

表哥神秘地凑了凑身:"不瞒妹夫,我老板也想做做空调生意,这次专门让我来找你了解一下清洗剂的情况。"

"这……"祥龙望着表哥那期待的目光一时为难起来:这可是厂内重要机密。

表哥见他不言语,开口道:"我明白妹夫的难处。我们老板愿意出这个数,"表哥伸出两个手指说,"两万。"

"什么!两万?"青凤惊喜地站了起来,不相信地问,"真的?

这么多?"她见表哥肯定地点点头,便急不可耐地拉了拉丈夫:"祥龙,给表哥吧? 啊!"

孟祥龙埋着头没有吭声儿。表哥见状忙打起圆场:"你们再合计一下,权当帮帮我的忙,完不成任务,老板会炒我鱿鱼的。这是我宾馆住址,希望尽快给我个回话。"说罢,放下一张纸条,便告辞离去了。

青凤把表哥送出门外,回来冲着祥龙一顿埋怨:"你哪根神经又别筋了? 有财不发,犯傻呀! 明天你就去把材料给表哥送去!"青凤命令罢,便收拾起来。

青凤洗刷完毕来到卧室,见丈夫已脱衣躺下,便又不放心地推了推他:"喂! 表哥还等你回话呢!"

祥龙睁开眼,慢慢腾腾地说:"我想了半天,还是觉得这件事不能干!"

"怎么不能干?"青凤打断了祥龙的话,"这是你一人搞的,爱给谁给谁。"

"可厂里却要蒙受重大损失。"

"你光想着厂里,可厂里想你没有? 分房分不上,调资没你的份儿,评高工更甭想。上次你累死累活为厂里设计个焊接夹具,得了一百元奖金,还让说三道四的,你忘了!"

"子不言母丑嘛! 厂里有厂里的难处。"

"少唱高调! 现在时兴第二职业,出卖技术不犯法。再说,我刚才已经答应表哥了,总不能看着他丢饭碗吧!"

"表哥也是中国人,他会理解的! 凤,你再罚我下跪都行……"

青凤见祥龙今天竟一反常规地顶撞起来,不禁又恼又怒,指着丈夫的鼻子吼了起来:"你这个天生的穷命头,连个党员都没当上,还一口一个'国家'、'国家'的,你去跟国家过吧,我这个家不要你,快滚!"说着揪起祥龙的耳朵拎下了床,使劲将他推出卧室,然后"砰"地一声关上屋门,伏在床上大哭起来。

青凤哭了一阵儿,不见丈夫求饶,她凑到门缝听了听,没有一丝动静,不禁担心起来:三九寒冬的,这呆子只穿着一条短裤头,别冻出毛病来!想到这儿,她急忙打开屋门,只见祥龙披着沙发巾,怀里搂着小花猫,正蹲在厨房里打战。青凤鼻子一阵发酸,急忙一把将丈夫拽进了卧室。

几个月后,祥龙、青凤收到国外邮来的一只木匣子,里面放着一条金项链,一块手表和一只多功能小闹钟。还附着表哥的一封信,信中写道:

妹妹,妹夫:

你们退回的东西收到了。不瞒你们说:老板让我在闹钟和手表里都安了窃听、录像装置,本想搞些情报回去,不料看到的却是这感人的一幕。青凤妹,你好福气,找了这么一位正直无私爱国的先生。在他身上,我看到了祖国的希望,也唤醒了我这颗几乎泯灭的良知!我也是炎黄子孙,不能再做危害国家的丑事。你们不必为我担心会被炒鱿鱼,因为香港回归祖国的日子即将来临……

另:诚心诚意奉上几件小礼品,当然,里面不会再安有窃听装置……

青凤看着看着,感到一阵心跳脸红,她猛一回头,只见祥龙正挤眉弄眼地冲她做怪脸。于是她把脸一嗔:"笑什么,干活去!"

"遵命!"祥龙"啪"地来个军礼,然后双手一摊,来了一句广东普通话:"没有办法啦,我系(是)强龙压不住地头蛇啦!"

（申之珉）

"床头柜"错跪

金牛乡有个何金牛,小名何老蔫,绰号"床头柜"。老蔫是概括了他蔫蔫乎乎的性格特征;"床头柜"呢,说明白点儿就是"床头跪"——怕老婆。

十年前,农村里到处乱割"资本主义尾巴"。何老蔫因为养了三十多只鸭子,被宣布为暴发户的典型,成了活靶子,被拉到公社去批斗,还给坐上了"喷气式"。幸亏他老婆玉秀及时赶来,才救了他的驾。

晚上,何老蔫回到家,进门就傻乎乎地在床边给老婆单腿下了跪,连声说:"玉秀,今天要不是你上台救了我,我这腰只怕要弯断喽!"

玉秀把脸一绷,说:"老蔫,你听着,我过门这头三月可是啥事情都由着你,任着你啦,往后呀,家里的事你都得听我的! 收入、开支一本帐得我管! 要不,我叫你何老蔫天天给我'床头跪'!"

老蔫嘟哝道:"我要花钱呢?"

玉秀说:"该花的钱谁不让你花啦? 我是说,账得我管,我当家理事得心里有数!"

就这样,何老蔫被老婆管得服服帖帖了。有一回,何老蔫不知办错了什么事,"执法如山"的玉秀真的让他在床头下了跪。以后的十年间,他被罚了不知多少次跪。

可最近他这次跪,却跪得有点儿冤枉。

这天,玉秀娘病了,玉秀带上宝贝儿子小串儿去了娘家。半个月后,娘病好了,玉秀带上小串儿步行三十里,摸黑回到自家门口,却发现铁将军把门,老蔫不知上哪儿去了。她连喊带叫,找遍了房前屋后、鸭棚水塘、沟沟坎坎,连老蔫的影子也没见到。她急了,路上碰到谁就问谁。

可是,人们见了她只管冲她笑,有人故意欲言又止。她疑心大起,抓住一个小伙子,非叫他说出老蔫的去向不可。那小伙子眨巴眨巴眼睛,半吞半吐地说:"要找老蔫,得哪儿僻静哪儿去找!"

一听这话,玉秀心里一沉:这话里有话啊! 莫非我半个月不在家,老蔫背着我搞什么见不得人的勾当了? 她忽然想到,村后有间孤零零的砖瓦屋,是过去的队屋,现在闲置不用了,很少有人再去那里走动,莫非那就是"僻静"地方? 于是她背上睡着了的孩子,慌不择路地直奔村外那间空闲的队屋。

走近队屋时,果然见那儿有灯光,玉秀连忙放轻脚步,悄悄往前走去,想先察看一下屋子里的动静。就在这时,只听"咿呀"一声,队屋的门开了,先闪出来一个矮墩墩的身影,那正是自己的丈夫老蔫,接着,又出来一个女人,那女人紧跟在老蔫身后,好像还娇声娇气地说要送送老蔫呢！只听老蔫笑嘻嘻地对那女人说："送倒不用你送，反正，我也不急着回家，要不，你陪我转转吧！"那女人也笑嘻嘻地说："你该回家了！想转转，往后还怕转不够？"老蔫乐滋滋地咂着嘴，这才一个人往回家的路上走过来了。

老蔫前脚开锁刚进屋，玉秀就跟着气冲冲地冲进家，将背上睡熟的儿子往床上一放，立即转过身，眉一竖，眼一瞪，头一扬，脸一沉，冲着老蔫一声猛喝："跪下！"

老蔫像是通了电，抽了筋，腿脖子一打弯，习惯地真的在床头乖乖地跪下了。

玉秀劈头盖脑地问："老实讲！黑灯瞎火的你去队屋那地方干啥啦？那女人是谁？是你的'心上人'不是？好你个没心没肺的老蔫呀！我玉秀过门十年来，虽说对你管得严点儿，可哪一点对你差了？你家里守着个老婆起外心，看你平时装得怪怕我，可我刚离家半个月，你就背着我干起了偷鸡摸狗的事来！嘿嘿！今天是老天有眼，叫我碰上了，看见了，听清了，你还想赖吗？说啊，你死啦？怎么不说话？"

哪知跪在床边的老蔫竟然合上了眼睛，轻声地打起了呼噜。

这下子玉秀更火了，正要发作，忽然从外面蹦蹦跳跳地闯进几个嘻嘻哈哈的年轻人，其中有刚才在路上让玉秀去"僻静"地方找老蔫的那个小伙子。他们指着老蔫笑得前仰后合地说："蔫哥呀蔫哥，我们说你怕嫂子，你还嘴硬。这回你输了吧？快拿钱买糖请客吧！"

老蔫涨红着脸，从地上站起来，慢条斯理地拍打着跪脏了的裤腿，望望妻子，嘟哝道："看你这凶神恶煞的，丢人现眼还得花钱请客哩！"

玉秀糊涂了："这到底是怎么一回事嘛？"

小伙子们这才你一言、我一语地告诉玉秀说，村支书的女儿刘彩娥,从县商业局留职停薪回到村里,联合了老蔫等八户农民,要集体办一个养鸭场,推举老蔫当技术指导兼副场长,他们还把空闲的队屋作价买下来,准备用作饲料加工和蛋品仓库。刚才,他们正聚集在队屋里筹划养鸭场的开业大计呢。

玉秀又问老蔫,为什么要让一个二十二三岁的大姑娘陪他"转一转"呢?

老蔫嘟哝着说:"我让她一起看看养鸭场地怎么个打竹篱笆圈起来嘛!"

玉秀心里觉得错怪了丈夫,但嘴上仍理直气壮地质问丈夫说:"事情全弄拧了!怪我还是怪你?我错还是你错?你讲嘛!"

老蔫点头不迭:"怪我,怪我!我错,我错!"

一个小伙子火上加油地说:"嫂子!他还把你们家那三千块钱也往养鸭场投资了呢!"

玉秀大吃一惊,问:"这事你也敢瞒我?!"

老蔫涎着脸说:"你不是在十年前早就立下了家规,你管账,我花钱吗?"

玉秀一巴掌朝老蔫打过去,巴掌没打到他脸上,自己却"扑哧"笑了。

(聂建长)

"李大脚"寻夫

李家庄有一对夫妻,女的叫李翠花,一米八个头,大鼻子大眼大脸盘大脚,还有一副洪钟般的大嗓门,咳嗽一声吓人一跳。村民们给她起了个外号"李大脚"。

男的叫李小富,身高不满一米六,长得瘦小干枯,小鼻子小眼瓜子脸,说起话来奶声奶气的像个娃娃,浑身上下没有四两劲。

他俩有个独生女叫李小妞,也许随她妈,才六七岁就长成了一米三的大高个。一家三口出门,不知底细的人准会以为是娘领着兄妹俩呢。

李小富是村里有名的"怕老婆",原因很简单,在家不主事。你看庄稼地里的活全靠翠花,家里家外一切大小事情也靠翠花一人应付。天长日久村里都忘了李小富的真实姓名，干脆都叫他"翠花家的"。

夏天割麦，翠花挽起袖子挥动镰刀，像台收割机跑在全村人最前头，小富呢和女儿小妞在后边拾麦穗打捆。等麦子装满车，小富使出浑身吃奶的劲就是拉不动，气得翠花一把将他往边上一拎，拉起车来，撅起屁股一溜烟似地跑在乡间小道上。

每逢此时，乡亲们准要说长道短："翠花家的，你可真有福气，啥活都用不着你干，晚上把老婆伺候好就行了……""翠花家的，你那个儿怎么长得这么好，站在妞儿她娘跟前正好够着她嗐儿……"

每次遭到众人嘲笑之后，李小富回到家里准要发一通火。翠花心里明白，回回都是先忍着，实在忍不住了，就像抓小鸡似地一把把他扔到床上，然后大吼一声："妞儿，把笤帚疙瘩给我递过来。"小妞特爱看这精彩的一幕，眨眼就用小手递过笤帚。一阵猛打之后，小富总是要躺在床上装一阵"死狗"，翠花还得像哄孩子似地哄哄他，然后端来两个荷包蛋算了事。

事过之后，家里的大小事还是翠花说了算，村里人议论嘲讽越来越厉害。有人说："你老婆要是没有相好的，绝不会这样对待你。"村里有个嘎小子给小富出了个坏主意，说如果照他所说的去办，准能试出老婆对自己是否有真心。小富如获锦囊妙计，回家便照此行事。

平日每晚睡觉，小富总和翠花钻一个被窝，这天和往常一样早早就关灯睡觉了。翠花干了一天活，躺在床上就"呼呼"地睡着了。小富故意把被子拉开，赤条条地躺在床上。此时正值寒冬腊月，不到一分钟就冻得浑身冰凉，看着旁边睡得正香的翠花，小富故意使劲晃了晃床又假装睡觉。翠花被晃醒，睁眼见小富光着身子躺在被外边，正要顺手给他把被子盖好，忽然一想，这么冷的天他光身躺在外边能没感觉吗？翠花明白了，这李小富不知又出什么花花点儿,想试探试探我。不理他! 翠花故意用手摇了摇小富,然后自己盖好被子,"呼呼"又睡着了。

李小富干冻了半个钟头,见老婆醒来也不给自己盖被子,气得真想打老婆一顿,但一想自己哪里是翠花的对手,弄不好还得挨一顿笤帚疙瘩,忍忍气自己又钻进了被窝。

一计不成,再用二计。

第二天早晨吃饭,小富故意找毛病,翠花想起头天晚上的事,一直忍着。小富却越发不依不饶,翠花忍无可忍,又抢起胳膊"武力"解决。小富见目的达到。立即宣布"绝食"。

翠花正在气头上,心想:你绝食就绝食,我倒要看看你李小富有多大志气。果然,李小富中午饭和晚饭都没吃。翠花心里有点发慌,第二天中午从外边买了一只熏兔子,进屋就和小妞吃起来了。小富这时想:考验自己的时候来了,一定要坚持住。他装作可怜巴巴的样子躺在床上,像是饿昏过去。翠花一见丈夫来真的了,真有点受不住了,但一想饿两天死不了人,强装不睬,吃罢晚饭,哼着小曲又出去了。

小富躺在床上饿得实在有点受不住了,他一下子跳下床,抓起兔子肉便吃了起来。谁知翠花根本没走,她趴在窗外把这一切看得清清楚楚。翠花捏着鼻子忍住笑声,悄悄地溜走了。

小富"绝食"一周,安然无事,翠花故意气他说:"咱家出了个神仙,不吃饭也能活。这也好哇,省了一个人的口粮。"

连施二计,均告失败。小富黔驴技穷,自尊心受到极大伤害,一气之下不辞而别,独自到县城做生意去了。

翠花见小富突然失踪,后悔当初不该那样冷酷无情。她四处寻找也不见小富踪影,便把小妞托给别人照看,独自来到县城,在县城她找遍所有的亲朋好友,还是没有小富的消息,心里又急又气。

翠花正在不知如何是好时,忽然见马路对面烧饼摊上站着一个矮小男人,她定睛一看,那正是自己的丈夫李小富,瞬间她心里涌上一种说不出的滋味,又生气又心疼。照过去的脾气她准得上前痛骂一顿,可今天她没那样做,悄悄地藏在路边,她要亲眼看看自己的丈夫是怎样做生意的。

李小富边做烧饼边叫卖,买烧饼的人还真不少。翠花装作买烧饼的顾客,她咳嗽了一声,说:"买两个烧饼……"小富一耳朵就听出这是翠花的声音,他猛地抬起头来,翠花看到小富那被炭火烤得通红的脸庞,还有那点点汗水,满肚子的气飞到了九霄云外,一阵怜爱之情涌上心头,她态度温柔地说:"妞她爹,看把你累的,咱不干这个,跟我回家去。"

小富余怒未消,他把面团往面板上一摔,说:"回去?回去干啥?老子今天手里有大把钞票,再也不回去受你这母老 的气了,你给我滚吧!"

翠花万万没想到几天的工夫,小富就横起来,她气得浑身颤抖,说话就要挽袖子动手,可一看周围越来越多的顾客,忍住气含着泪,给李小富下了最后通牒:"李小富,你今天要不跟我回去,就永远不要再登我的家门。"说完,拔腿离去。

翠花在家一等就是几个月,小富就是不回家。翠花几次想进城找小富回来,但一想自己在丈夫面前不能服软,所以憋住了劲硬是没去。小富独自在外半年多,虽然赚了不少钱,但逢着节假日家家团聚之时也十分思念家乡,惦记妻女。可他心想:这一回一定要绷住劲,非把老婆治服不可。

就这样一晃到了年底。

年三十这天,县城做生意的都回家过年去了。小富看到街上人来人往高高兴兴准备过年的样子,他实在太想家了,于是收拾起摊子,到商店买了一大包年货,急急忙忙地直往家奔。

村里家家张灯结彩,喜气洋洋。小富一脚踏进家门,二话不说,把年货一摊开,又把一大捆钞票"叭"的一声摔在桌上。女儿小妞见了爹爹,一下扑进小富怀里,翠花见丈夫突然归来,不禁喜上眉梢。常言道"新婚不如久别",翠花从口袋里掏出一张"大团结",说:"妞儿,上街买糖去吧。"小妞一把夺过来,像蝴蝶似地飞出门去,翠花随手"咣啷"一声把门插严了。

小富见翠花如此举动,凭以往经验,预感大祸临头,他浑身颤抖,结结巴巴地说:"你……要干什么,要……文斗,不……不要武斗。"

翠花笑着伸开她那长长的双臂,像老鹰抓小鸡似地扑上前去,将小富紧紧地搂在怀里,送上了无数个甜蜜的吻……

窗外鞭炮阵阵,欢声笑语,屋内夫妻情意绵绵,说不完的悄悄话。小富躺在翠花温暖的怀抱里,说:"想不到你还这么疼我呢,那以前为啥光打我?""傻小子,你没听人说吗,打是疼,骂是爱。今天晚上我还要痛痛快快打你一顿,出出我这口气!"

说着,她陡然双眼瞪圆,抡起胳膊,骑在李小富身上使劲地捶起来,她边打边骂:"我打死你这个没良心的东西……你害得我好苦啊!日日想夜夜盼就是不回来……我为你流干了眼泪,你……"

翠花这边越打,小富心里越是高兴,不过到最后他真有点受不住了,连连求饶道:"当家的,别打了,别打了,再打就打死啦……"

翠花闻言抹了抹脸上那激动的泪花,用她那双含情脉脉的眼睛望了小富一阵,说:"再打一下……"小富说:"那可轻点啊。"说着他抱头缩成一团,翠花高高地抡起了拳头,但没有落在小富的屁股上,却轻轻地拧了一下他的脸蛋……

(郝荫柏)

"大憨头"赞妻

　　芙蓉镇有个个体汽车出租司机,叫"憨头"。憨头三十有五,大鼻孔、鼓眼皮,满脸络腮胡子,一看相貌像个凶神恶煞。别看他在外面凶暴暴的,可一回家在老婆面前却是个驯服的老绵羊。而且别人怕老婆怕在老婆的当面,而憨头老婆在场不在场都是唯妻之命是听,从不阳奉阴违。

　　憨头老婆叫菊香,一米六八的个头,十分能干。两人结婚后不久,菊香就向憨头提出约法三章,并规定了惩罚制度:一,不许在外面饮酒,若遇红白喜事一类的特殊情况,必须约老婆一同前往,若违犯此条,夫妻分居一个月;二,不准在外面住宿,若违犯此条,夫妻分居一年;三,严禁攒私房钱,每天运费收入必须全部交给老婆,若有违犯,妻子有权起诉离婚。

　　一个男子汉有这三条约束,还像个男人吗?可憨头却不这样想,他认为不许饮酒是老婆关心他的人身安全;不准在外面住宿说明妻子爱他;严禁攒私房钱,钱财入了老婆这个"内部银行",更是好事一桩。因此,他一不伤感,二不怄气,还在人前人后赞扬老婆的约法三章定得好!

　　憨头赞扬老婆的约法三章,可他的哥们小兄弟却为他愤愤不平,有人说他老婆对他管得太严太死。有的认为这是限制了起码的人身自由,是一种侵犯人权的违法行为。特别是憨头的同行朋友胡三,总想找个机会激他一下,让他尽快觉醒,挺起腰杆向老婆夺回失去的自由。

　　这天傍晚,胡三送走最后一车乘客,刚将车子开回停车场,见憨头在一家售货亭前买烟,就上前拍了一下他的肩膀,说:"走!大哥,咱们到迎宾酒楼喝几盅去!"憨头连忙推辞说:"不不,天色还早,再守一会吧。""太阳都下山老半天了,还守个屁,今天我请客,不要你掏腰包。"说着,一把拽住憨头就走。憨头一边挣扎一边撒谎说:"对不起!这两天我胃病犯了,不能喝酒,还是你自己去吧。"

　　胡三知道他在撒谎,就有意激将说:"我说大哥,你也太熊了。嫂子不在你身边你还吓成这样,嫂子若在你身边,还不知要吓成啥样呢!唉,我胡三不怕老婆,偏偏结交了你这个怕老婆的朋友,连小弟请的酒都不敢喝,你还有点男子汉的气味吗?算了吧,咱俩朋友一场,从此就分手吧!我走了!"

　　殊不知,这憨头虽然怕老婆,可又忌讳别人说他怕老婆。他见胡三要走,上前一把拉住,大声叫道:"你先去点菜,咱今天陪你喝个一醉方休!"说罢,"轰"地将车子开进了停车场。

　　胡三要了四个炒菜,一个鱼头火锅,外加一瓶上等白酒,等憨头一到,便面对面地畅饮起来。

　　酒过三巡,只见胡三"啪"地将筷子往桌子上一放,激动地说:"憨头哥,小弟今天喝了酒,俗话说:酒醉心明。咱今天要和你说几句心里话……"

憨头的脑袋也不是木头做的,胡三一张口,他就猜到他要说什么,不等胡三再张口,便气呼呼地制止说:"别说了,你今天是请我来喝酒的,不喝酒咱们走路!"胡三不敢再说什么。两人继续喝,不知过了多少时间,眼看酒瓶就要露底,胡三再也憋不住了,他忽地从位置上站起,红着脖子说:"大哥!今天你已违反了嫂子的约法三章,就是回去也没有好果子吃。咱们一不做二不休,干脆就在这里过它一夜,我看嫂子究竟能把你怎样?"

憨头一听,吓了一跳,他想想今晚在外面喝酒已经违反了第一条,如果再在外面过夜,等于违反了老婆的整个约法三章,那后果将不堪设想。这么一想,使劲摆了摆手,说:"不行不行,看看我们这身油渍,也该回家洗洗,走吧,你媳妇还在家等你呢。"憨头说罢,歪歪扭扭朝楼下走去。

憨头此时虽已有八成醉意,但大脑还是清醒的,他摸了摸鼓鼓囊囊的钱兜,心想:今天赚的钱特别多,总算对老婆是个安慰,再跟她多说些好话,也许能得到她的谅解。

憨头走进家门,见屋内空空,轻轻喊了声:"菊香!"无人应声,又去推了推卧室的门,门紧紧闩着。憨头想,今晚和老婆同床共枕恐怕是不可能了,就打算去客厅将就一晚,谁知走进客厅一看,床上垫的盖的也没了影儿。憨头又硬着头皮走到卧室门口,嘴对着门轻言细语说:"菊香,我今天赚了好多钱呢,你快出来看呀!"谁知说了几遍,里面依然没有声响。憨头可有些沉不住气了,心里一急,便将好话、赖话、肉麻的话全倒出来了:"菊香,俗话说'一日夫妻百日恩',咱们自打结婚那天起,哪一夜分开睡过?你就舍得我那……今天在外面喝了酒是我的不对,可那是我的好友胡三请的客呀。胡三对我们可是有恩的呀!去年你跟我在车上卖票,几个流氓想占你的便宜,不是胡三帮忙将那些家伙赶跑的吗?今天你饶了我这一回,下辈子你变男我变女,咱们还是在一起那……那个。"

　　任凭憨头说得口干舌燥,里面丝毫没一点动静。憨头十八般武艺快使光了,只得把最后一招使出来了:"菊香,我对不起你!我罪该万死!我跟你跪……跪下了!"这憨头其实不憨,他把两个拳头使劲往地上一捶,那声音与双膝落地的声音一样,接着便靠着门框坐下打起盹儿来。不一会儿,便呼噜呼噜地睡得像死人一样。等一觉睡醒一看,天呐!自己正挨着老婆那柔软的身子睡哩。

　　这是怎么回事?原来,菊香昨晚见丈夫久久不归,怕他在外面出事,便跑到车场一看,见车子依然停在原处,她以为憨头正在修车,走近一看,不见人影,又用电筒朝驾驶台一照,见车座上有张纸条,上面写了两行字:

菊香:
　　胡三有喜事请我喝酒,望你速来!
　　　　地址:迎宾酒楼

憨　头

　　菊香看罢纸条想:胡三一不娶媳妇,二不做"三朝",哪来的喜事?为了证实事情的真假,她悄悄跑到迎宾酒楼一看,里面哪有一点大摆筵席的样子?桌上只有胡三和憨头两个人。菊香是个聪明人,她立即断定是胡三故意让憨头违反自己的约法三章,而憨头害怕他被处罚,就留条谎称胡三有喜事请客。

　　菊香其实不是那种生性凶悍的女人,她虽然给自己的丈夫定有约法三章,目的是怕他在外面有个三长两短。当她发现那张纸条后,心里已软了一半,再看看丈夫那疲惫不堪的劳累样子,又怎么狠得下那个心呢?于是,凭着自己一米六八的块头,终于将丈夫扶到了自己的身边。

（聂新成）

丑 态 百 出

　　幸福的婚姻生活,往往会被卑鄙的勾当、荒唐的行为和无端的猜忌所破坏。

下缸喝酒

　　王老三有两个毛病，一好喝酒，二怕老婆。他好喝酒在这一方是出了名的，饭前饭后要喝，做工要喝，走路要喝，就连半夜醒来也要喝几口。他怕老婆在这一方也出了名，给大家茶余饭后增添了不少趣闻。

　　王老三的老婆是个硬角色，为人办事有几分　气，她见男人好酒贪杯，身子骨一天不如一天，心里非常着急，就想方设法要整治整治他。

　　一天中午，王老三在外边喝得醉醺醺地回到家里，老婆见他歪歪倒倒不像人样，就拿酒壶灌了半壶冷水，趁王老三不注意，把酒壶扔在石头渣滓地上，然后大声叫道："死男人，我给你打了一壶酒，罐子掉到地上打破了，快来喝呀！"

　　王老三一听,似乎从醉态中清醒过来,觉得酒泼了好心疼,便伏在石头渣滓地上吮吸湿地皮。老婆怒气冲冲地问他:"有味儿没有?"王老三说:"有味,有味!""什么味儿呢?"王老三昏头昏脑地回答:"酒味酒味,不过……还带了一点泥巴味儿!"说着又吮吸湿地皮,突然他一声惊叫,嘴里流出鲜血。他埋怨说:"你泼酒也不该泼在石头渣滓上呀,把我的舌头都舔破了!"

　　老婆把他的头发一揪,骂道:"鬼东西,你嘴喝麻木哒,连酒和水也分不清了,活该倒霉!"

　　第二天,吃晚饭的时候,王老三又醉醺醺地回到家里。老婆见他恶习不改,气得不得了,问他还喝不喝,王老三摇头晃脑地说:"喝,喝,只要有酒,我舍命也喝!"。

　　老婆恼怒地冲进屋里,从床下摸出一把尿壶,提到男人面前说:"要喝你就张开嘴,我今天给你买的陈年老酒!"

　　王老三不分青红皂白,抓过尿壶就"咕嘟咕嘟"喝了起来。

　　老婆见自己男人麻木到酒和尿都分不清楚了,哪还像人,怒火直往外冒,伸手在男人嘴上狠狠地打了三巴掌,骂道:"你这个下贱东西!"

　　男人被打醒了,知道喝尿出了丑,于是跪在老婆面前恳求说:"老婆哩,只要你答应一件事,今生今世我再不喝酒了。""什么事你讲。""明天让我再喝一回酒,要喝个痛快!""怎样才算痛快?""你买一缸好酒,让我喝够就行了。""行!""只要这一次喝痛快了,从此以后我再也不喝了!""行,明天让你喝够!"

　　老婆说话算话,第二天,请两个伙计从酒厂里买了一大缸酒,吃吃喝喝抬到家中。老婆走上去,拍拍酒缸,高声叫着:"王老三,这是你一生最后一顿酒,你过来喝个痛快,千万莫说你老婆吝啬!"

　　王老三一见酒缸,就像打仗时杀红了眼睛的兵卒一样,冲到酒缸旁边,揭开缸盖,两手抓住缸口,身子伏在缸沿上,脖子像鸭子颈项伸得老长老长,直伸到酒缸里边,"咕嘟咕嘟"地痛饮起来……

老婆见男人这般馋样,不由得怒火中烧,上前抱住男人的两条大腿,用力往上一抬,再往酒缸里一掀,王老三连头带屁股一起掉进了酒缸里面。老婆气冲冲地说:"让你喝个够,喝个死!"老婆一边骂着,一边叫两个伙计抬来一扇石磨,牢牢地盖在酒缸上边,然后骂着走了。

到了半夜三更,老婆一肚子气消了一大半,突然想起她男人还在酒缸里边泡着,是死是活还不清楚。她连忙起床穿衣,心想这一回可让他心满意足了,他也许吃尽苦头,从此以后把酒戒掉,好好地做人了。她踮着脚走到缸边,见缸里没有动静,于是拍拍缸沿,喊道:"王老三,酒瘾过得怎样? 喝了多少?"

王老三在缸里边回答说:"喝得不算多,刚进来时酒淹到我的天灵盖,喝到半夜才喝出肩膀来!"老婆一听气得没法,骂道:"喝死你这狗东西!"骂罢转身便走。

王老三在缸里哀求说:"从明天起我保证不再喝了。今夜你若念及我们多年夫妻的情分上,请你从磨眼子里给我递点下酒菜进来!"

(宁发新)

看戏着迷

　　水井街有一对老夫妻,老婆子是个楚戏迷,每天晚上只想到镇上的　场坝看戏,家里的活儿全落在老头子身上。老头子虽然有一肚子牢骚,可害怕老伴发脾气,只得忍气吞声,遇事将就着她,苦苦地度着光阴。

　　一天晚上,老婆子又去镇上看戏,直到鸡子开叫了才回到家里。回家后她也不睡觉,坐在床沿上直叹闷气。老头子以为老伴看戏受了风寒,便起床为她熬姜汤,又小心翼翼端来,劝她喝了早点上床安歇。

　　谁知老婆子一听,竟烦躁地一下站起来,指着老头子的鼻子尖声骂道:"死老头,老娘上床歇得安么? 好些兵卒还困在二郎山上,谁知道啥时下得来哟?"

　　老头子被弄懵了，又不敢细问，只好战战兢兢地陪她坐了一夜，到了天快亮的时候，老头子才提心吊胆地问出了结果。

　　原来老伴看了楚剧《兵困二郎山》，昨夜只演了上山，没看到兵卒下山。老头子听了又好气又好笑，但只笑在肚里，嘴上好言劝道："老婆子，看戏就看戏，替古人担忧划不来。"

　　老伴瞪了老头子几眼，骂道："你这无情无义的老东西！"吓得老头子再也不敢吭声了。

　　第二天，老婆子睡在床上不起来。老头子做了饭菜，将饭菜端到床头，轻声细语地叫醒老伴，要她多吃一点补补身子。

　　老婆子一看热气腾腾的饭菜，好不是滋味，伸手打了老头子一巴掌，然后掀了饭菜，心焦火燎地嚷着："山上那么多兵卒都没吃没喝，我一个人怎么吃得下去？"老头子挨了打，又见饭菜撒了一地，心里真不是个滋味，不知该怎么对付老伴的无理吵闹。

　　又过了一天，到了第三天的早上。老头子躲在门边偷听老婆子的动静，只听她在床上唉声叹气。他正想进屋去劝劝，忽听到老婆子自言自语地叹道："唉，今天已是三个日夜了，若是他们再不下山，只怕都会饿死在二郎山上喽！"

　　老头子这才完全清醒过来，她三日不吃不喝不睡，是她的魂魄全迷在二郎山的兵卒身上，这个戏迷子已到了魂不附体的入迷地步。陡然间，他想到"解铃还要系铃人"，便不惜血本卖了家里的一头大肥猪，拿钱去请楚戏班子再唱一折《二郎山解围》。

　　楚戏班头收了钱，对老头说："你回家去等着，你老伴的心病我自有解药。"

　　当天下午，老婆子睡在床上，一会咒骂老头子，一会又唉声叹气，说二郎山上的兵卒只怕都死光了。正在这不得开解之时，楚戏班头"通通通"地跑了来，急急忙忙地撞进家门，满头大汗地一屁股坐在椅子上。

　　老头子连忙问："戏师傅，你家有什么急事呀？"班头大声冲着内房里说:"我特来报告你家一个好消息,我率领的兵卒在二郎山被围了三天三夜,今天天刚亮,我们打退了围兵,兄弟们得救了,一齐下了二郎山!"

老婆子在房里听到二郎山的兄弟下山了,"呼"地一声爬下床来,走到堂屋,对老头子说:"死老头子,快把我们的大肥猪杀了,慰劳下山的兄弟!"

老头子想肥猪早已卖了,钱已落到班头的手中,一时不知怎么向老伴交代。

老婆子见老头子不吭声,"叭叭叭"三巴掌打得老头子眼冒金花,随后骂道:"兄弟们一个不留全下山了,你还呆着干什么?"

(宁发新)

训妻出丑

　　有位男子名叫周武雄,今年三十有二,是一家中外合资公司的职员。周武雄身高一米八,看上去很有些雄赳赳的男子汉气概,其实是个怕老婆的小丈夫。前几天他在一次订货会上得到了一张价值一百元的礼券,他足足考虑了三天三夜,决定拍拍老婆的马屁,给老婆一个意外的惊喜。于是就用这一百元礼券,到新开张的东亚百货公司买了一件色泽鲜艳的女式羊毛衫。

　　周武雄揣着羊毛衫兴冲冲地回到家里,却被老婆阿芳当头泼了一盆冷水。阿芳接过羊毛衫,一双丹凤眼直直地盯在周武雄脸上,盯得周武雄心里直发毛。他慌忙解释道:"阿芳,你可千万不要误会,这是我用礼券买的,绝不是有什么小金库私房钱。""礼券?"阿芳有些将信将疑。"阿芳,你是知道的,我从来不敢在你面前撒谎的,礼券是三天前一次订货会上发的,面值一百元,不信你可以去问。喏,这是羊毛衫发票,九十八元六角,还有一元四角找头,我统统交给你。"

"唔,"阿芳点点头,缓了口气,"谅你也没有小金库。"因为去年武雄的公司里发放工资奖金实行了信用卡,一切经济收入都纳入了信用卡,而信用卡又掌握在阿芳手中,武雄早已英雄无用武之地,失去了私藏私房钱的一切手段。

此刻,阿芳展开羊毛衫一看,脸又拉长了:"武雄,你买羊毛衫怎么也不和我商量商量,自作主张!你要知道,礼券也是钞票,也得事先得到我的批准!"

"阿芳,我这次是想让你意外惊喜惊喜,以后有了礼券,一定交给你。"

"可这件羊毛衫的颜色和式样我不喜欢,你去给我退了,我自己再到其他商店去买。"

"退?卖出的羊毛衫怎么还能退?这……"

"怎么?你买的羊毛衫难道还要我去退?这点事都不会做,还算什么男子汉?"阿芳丢下羊毛衫,气哼哼地扭转了身子。武雄慌忙赔笑脸:"阿芳,你不要生气么,羊毛衫我去退。"

周武雄揣着羊毛衫又来到了东亚公司羊毛衫柜台,看到营业员忙得不可开交,他鼓了几次勇气也没敢开口。

武雄尴尬地挤在人群中正不知所措时,旁边一位中年女顾客挑了几件羊毛衫都不中意,武雄灵机一动,便递上自己的羊毛衫道:"你看看,这件羊毛衫合不合适?"女顾客接过羊毛衫,在身上比划起来。

就在这时,忽然有人在他肩上一拍:"阿雄,你也在这儿?"武雄回头一看,是同事黄玉昌。武雄知道黄玉昌嘴快,不敢对他讲是受了老婆之命来退羊毛衫的,就撒了个谎说:"阿昌,你也在这儿,这儿的羊毛衫花式多,我想替自己挑选一件羊毛衫,你看哪件羊毛衫款式好?"

"嘻,阿雄,你不要吹牛了,信用卡都给老婆收去了,你哪有钱替自己买羊毛衫?"

"咳,阿昌你不要门缝里看人把人看扁了,我也有私房钱的……"

武雄边说边朝身边的女顾客一看,不由吃了一惊,只见女顾客手中的羊毛衫已换成了绿颜色。武雄忙道:"咳,刚才我给你的那件鲜红色羊毛衫呢?"

"噢,那件羊毛衫,颜色还可以,就是小了点,我已还给营业员了,让她换了这件再看看。"啊呀坏了,那件羊毛衫不是柜台里的,是我自己买的!"

"那你给我看啥? 我以为你也是和我一样在挑选羊毛衫呢。"

"啊呀,搞错了,搞错了,营业员同志,真对不起,刚才这位女同志交还给柜台里的那件红色羊毛衫是我已付钱买了的,请把它还给我。"

女营业员对他望了望,说,"同志,柜台上挑选羊毛衫的人这么多,收进取出忙得不得了,我怎么知道你究竟付过钱没有。"

"我有发票。"

"有发票也不能证明那件羊毛衫是你的呀。"

"羊毛衫确实是我的呀,请你一定相信我。"

"这就难说了,现在骗子也很多,我可不能随便相信你。"

"啊呀,这可怎么办,这可怎么办! 这下是跳进黄河也洗不清了,我回家怎么向老婆交代!"武雄急得头上汗也冒出来了。

这时柜台组长了解了情况,走上前说道:"同志,这事一时也说不清楚。我看这样吧,你把家庭住址留下来,等晚上店里盘点一下,如果确实多了一件羊毛衫,就把它退还给你,你说好吧?"

武雄也别无他法,只得留下姓名地址,昏头昏脑地挤出了东亚百货公司。他边走边想，羊毛衫没退成，连羊毛衫也弄丢了，回家怎么和阿芳说清楚？阿芳知道了不被她骂个狗血喷头才怪呢。怎么办呢？他横想竖想，只有设法向朋友借一百元钱，先搪塞了阿芳这一关，待店里查明退了钱再还。如果店里无结果，那只得设法去打零工挣这一百元钱。

武雄从阿昌那儿借了一百元交给了老婆。阿芳接过钞票，亲亲热热地在丈夫脸上吻了一下，把个武雄弄得受宠若惊，整整激动了一夜。

谁知第二天一大早，夫妻俩刚起床，东亚百货公司羊毛衫柜台组长小周找上门来，说是昨天下班后突击清点，确实多了一件羊毛衫，价值九十八元六角，怕失主担心，今天一早送还退款。

武雄怔住了，接过钱支支吾吾了半晌未说出话来。阿芳问明情由，一双丹凤眼只是冷冷地瞅着武雄，待小周走后，她不言不语向丈夫伸出一只手。武雄不解其意地问道："阿芳，你这是干什么？"

"干啥？还要问我？我以为你是个老实头，原来瞒着我私藏小金库。党的政策你是知道的，坦白从宽，抗拒从严，还有多少小金库，爽爽快快全部交出来！"武雄急了："啊哟我的老佛爷，我哪敢私藏小金库，这一百元钱我是向同事阿昌借的，不信你可以去问。"

"哼，你没有小金库，借了钱怎么去还，难道去偷！去抢不成？"

"这、这……"武雄慌得不知所措，结结巴巴说不清楚。阿芳一看挂钟，道："现在要上班了，我给你一天时间考虑，忠不忠看行动，金钱事小，态度是大。"阿芳撂下这句话，拎了背包匆匆而去。

这一天，武雄真有点魂不守舍，不知该如何在阿芳面前表白，恨不能掏出心来给老婆看。武雄的反常表情被阿昌察觉了，便上前询问："阿雄啊，怎么呆怔怔的，有啥心事啊？"

"阿昌,坏啦,我老婆怀疑我有小金库,要我交出来呢。"接着武雄把事情的经过统统说出来,听得阿昌哈哈大笑:"阿雄啊,你这不是自讨苦吃么? 老实说,对付女人我有一套,你软她硬,你硬她就软啦。""怎么个硬法?"武雄急忙请　。"这还不简单? 回家待你老婆再逼你交出小金库,你就给她一巴掌。"

武雄一听,惊得瞪大双眼:"啊,这不是反了么?"

"你呀,真是个窝囊废,乖乖地跪在老婆脚下讨饶吧,不要来向我诉苦。"

"不,不,阿昌,你一定要帮帮我。"

"帮你,你就照我的办法去试,保证一试就灵。""可是,我见到老婆腿就有点儿抖,哪还敢举起手来揍她呀?"

"这都是你平日缺乏锻炼,这事好办,只要你下决心,我来帮你训练。我娘舅家有个女佣人叫阿琴,长得与你老婆差不多,我们租她两个钟点,到你家排练排练,你就当她是你老婆,骂她、揍她,当然不要真揍,台词背熟,动作练熟,待老婆回家,你就进入角色。"

两人说干就干,当即把女佣阿琴请到了武雄家。武雄见阿琴果然与自己老婆阿芳长得还真有点像,尤其是那一双丹凤眼,活脱脱像是和阿芳一个模子里出来的。

阿昌把情由粗略向阿琴说了一遍,阿琴反正干活拿钱也无所谓,就听任武雄摆大丈夫威风。在阿昌的导演下,阿琴丹凤眼一挑,手一伸,喝道:"还不快把小金库交出来!"

武雄双手一叉,冷冷哼道:"要钱没有,要命一条!""啊,你竟敢顶嘴,简直反了。"

"嘿,岂止顶嘴,我还要揍你呢!"

"好,你有种,你打、你打,今天你不打就是龟孙子。"阿琴摆出撒泼劲儿,一头向武雄怀里撞将过来。武雄还真将手扬了起来。阿昌连忙喝住:"停! 就这样再排练几次,练熟了到时一气呵成,保证能镇住你老婆。"

几次排练下来,武雄信心增强了不少,心里也很高兴:早知道这样简单,我早就可以这样试了,也省得受这许多窝囊气。

为了保险起见,武雄决定最后彩排一次。他从衣橱里取出阿芳平时穿的衣服让阿琴换上,还将阿芳新近买的一朵胸针让阿琴别上。这一换,粗看上去阿芳和阿琴仿佛是一个人。武雄看着阿琴,脑海里反映的是阿芳,凶狠的气焰一下子退了八成,当阿琴一下子撞将过来时,武雄一慌神竟忘了台词,双手扶住阿芳的双肩,结结巴巴地说道:"你、你有话好说,不、不要这样么,我、我……"

就在武雄不知所措时,谁知阿芳竟一头闯了进来。原来阿芳厂里今天下午组织看电影,阿芳不高兴看电影,就趁机溜了回家,一跨进家门,正好看见丈夫搂着一个陌生女人的双肩,一副亲亲热热的模样,顿时一张脸气得由红转白,又由白转红,接着怒喝一声:"周武雄,你干的好事!"

武雄听见阿芳怒喝,犹如遭到雷击一般,顿时惊得目瞪口呆,急得语无伦次地说:"阿琴,不、不、阿芳,我、我没有、没有,你、你别误会,别误会……"

"什么误会?我亲眼目睹还会误会?好啊,你巴结野女人,竟把我自己不舍得穿的衣服和胸针都给了野女人,真想不到你平日一副老实样子,原来背后还有这一套!"

武雄舌头打结,脸色发白,两腿一软,扑通一声跪下说:"阿芳,阿芳,你别发火,你、你听我解释,都是我不好,我混蛋,我不是人,你就饶了我这一回吧……"

阿昌一看如此情景,不由长叹一声:"朽木不可雕也!"让阿琴脱了阿芳的衣服,狼狈地逃出武雄家,任凭武雄和阿芳在家中闹得天翻地覆……

(朱德谟)

出 足 洋 相

行为不端,只能被人鄙视而成为低三下四、没有骨气的人。

潇洒走一回

　　春节将近，单位里发了一笔年终奖，小周提议说："怎么样？吃火锅去，一人十元，'劈硬柴'。"大家一齐响应："好！"只有小李吞吞吐吐地说："我、我等一会还有点事情。"

　　小周知道小李有事情是假，怕老婆是真，便故意一本正经地说："对了，我差点忘了，小李就免了吧。等一会嫂子找来问罪，我可担当不起。"

　　小周一点穿，小李的脸"腾"地红了。世上怕老婆的男人都有一个通病，就是嘴硬，在任何公众场合都不敢公开承认。此刻小李也偏要硬一记："哼，她敢？她敢就打断她的腿！"小周一跷大拇指说："好！是男子汉说的话！大家开路！"于是，一行人勾肩搭背，手舞足蹈，向"鲜得来"酒家走去。

小李刚才嘴硬,但走到路上被西北风一吹,头脑冷静下来了。他有些懊悔今天做了件错事。这错又分三个方面:第一点,花去十元钱,回去交账有麻烦;第二点,自说自话在外面喝酒,触犯条例;第三点,下班不准时回家。这次回去弄得不好要睡一个月的沙发。但转念又一想,这也没自由,那也受限制,这样发展下去,我如何在同事面前抬头做人?看人家活得多潇洒?豁出去了,大不了吵一场,最多离婚!

这么一想,小李的精神负担卸去了不少。心情一开朗,竟莫名其妙地冒出一句时髦歌词:"潇洒走一回!"引得众人回过头来惊讶不已。

到鲜得来坐定,小周又提议:"大家一人一瓶黄酒怎么样?"小李心里打算喝雪碧的,这样回去可蒙混过关,求个太平,所以表态有些犹豫。

小周一见,像猜透了小李的心思似地挤眉弄眼说:"小李就吃雪碧算了,就当他那个东西没有生。咱们大家等一会再帮着想个理由,尽量让小李回家骗过嫂子。"

虽然喝雪碧是小李的想法,但由小周说出来就变成了调侃,小李觉得这是对他的侮辱,便"腾"地站起来说:"你臭美什么?别人喝啥我不管,你、我一人一瓶'38度',怎么样?"

小周见小李发了耿劲,要喝低度白酒,心里倒有些发怵,但事情是自己挑起的,所以只好说:"好,痛快!"

一桌人围着火锅,自娱自乐,吃得很潇洒。半瓶白酒下肚,小周感到有些头重脚轻,看小李的神情倒要胜自己一筹,便想法子刹车了。他说:"小李,其实我们亏了。半瓶白酒的质量足抵他们两瓶黄酒。算了,喝半瓶算了,我倒没什么,就是怕你喝醉了,嫂子面前不好交待。"

"老、老婆?"小李的舌头也有些不灵活了,"你们都好像以为我怕老婆,其实你们知道个屁!错了!你们去打听打听,我们家三顿饭是谁做的？我的洗脸洗脚洗屁股水是谁倒的？还有，我这身上的衣服是谁买的？哼！怕老婆！老婆算什么东西？告诉你们，老婆……"

小李说着说着，忽然发觉桌子上的人都尴尬地安静了下来，特别是对面的小周，不安地看看他，又把眼光延向他的身后。小李以为自己的话镇住了大家，更得意了，"哼！老婆是……"话还没说下去，忽然觉得耳朵让谁给揪住了。小李恼火地一扭头，惊得目瞪口呆，原来老婆正横眉怒目地站在身后。

"不错！说，说下去，我是什么？"老婆放开手，嘲弄地对小李说。

小李此刻恨不得钻到桌子下面去避避难，但一刹那的恐惧之后，小李猛地抓起杯子，一不做二不休，把里面的半杯白酒一口喝光，顷刻觉得浑身是胆雄赳赳，这回，他一定要在众多同事面前挣回面子，把平时的压抑都发泄出来。只见他憋足了一口气说："你是雌老　！"

老婆从来没见过小李对她耍态度，一时倒大吃一惊。她稍一愣怔后，高声骂了起来："你骂我？下班不回家，到这儿来喝老酒，喝饱老酒又骂我！你、你狗胆包……"

老婆那"天"字还没骂出口，脸上就"啪"地挨了小李的一巴掌。这老婆骑在小李的头上作威作福惯了，怎么受得了小李这般对待，正准备发作，可小李趁着酒兴，还在劈头盖脸地进攻，一边打一边还在忆苦："老子吃自己的，要你管？老子人身自由都没有了！老子……"

众人忙上前劝架，拉开了小李。老婆正要趁机反击，被小周一把拖住。这会儿小周的酒早醒了大半，他见事情都是自己激出来的，怕事态进一步扩大，赶紧对小李的老婆说："好了好了，嫂子，你千万别往心里去，让他去胡说好了。他喝醉了。"小李老婆说："酒后才吐真言呢！"

小李一听说他喝醉了,怎么肯?忙说:"谁醉了?我没醉!这气我也受够了!你当我怕你呀?当我好欺侮呀,没那么容易!"

这会儿小李老婆倒愣愣地不知怎么办好了。看他六亲不认的样子,真是喝醉了,醉了就失去了理智,失去了理智就什么事都做得出来。想到这,老婆心里一阵害怕。她对小周说:"其实我对他哪里不好……"小周忙说:"这我们都知道。嫂子你先回去,我们一会儿就扶他回来。"小李老婆走了两步,又回过头来说:"小周,你们送来后再陪一会,等他醒了再走。他再发起酒疯来,我吃不消。"而且她觉得最气人的是,酒醒后男人会对自己的所作所为什么都不知道,白挨他的一顿打。

小周笑着答道:"好好,保证没事。你先回去泡好浓茶,等一会让他回来醒酒。"

小李老婆走后,小李还在手舞足蹈:"哼!怕老婆!我怕老婆?也不看看,谁怕谁?"

大家付了账,然后扶小李回家。路上,小李左脚走在右边,右脚踩在左边,心里特别畅快,不由自主地僵着舌头,拉开嗓门又唱了起来:"潇洒走一回……"

(韩仁均)

便宜货风波

老胡是出名的"气管炎"。有人问他："你为什么怕老婆?"他反驳说："不是我怕老婆,而是老婆不怕我。"

有一天晚上,老胡和几个朋友打扑克,打到八点五十五分,他把牌一丢,急着起身告辞。几个牌兴正浓的朋友拉住他不放,他急得央求道："不瞒诸位,我老婆有规定,晚上九点必须回家,差一秒钟就要关在门外。"说完也不管朋友们哄笑,拔脚就走。

老胡走到家门口,不料小便急得不得了,就找个角落方便,哪知刚撒了一半尿,一看夜光表,只剩一秒钟了,就连忙来了个急刹车,摸出钥匙急急开门走了进去,把一半尿撒在了门口的水池里。

这天晚上,老胡虽然没被老婆关在门外,可到了第二天,竟小便阻塞了。老胡知道这是昨夜急刹车伤了泌尿系统,急忙去医院求医。

医生正好是昨夜的打扑克朋友,问他原因,他满脸通红,支支吾吾,在朋友的一再追问下,才道出原委。朋友听了,哈哈大笑说:"我说胡老弟,你怕老婆的水平已超过国际标准了。"

但有时候,老胡也会耍些小聪明讨好老婆。他摸准老婆贪小的脾性,每次开会或出差回来,总是买一点东西回家,只对老婆讲一半价钱。老婆见货色蛮好,价钱便宜,够价廉物美标准,欢喜得两眼眯成一条缝,嗲声嗲气地说:"看不出,你还有两下子!"每当听到老婆的夸奖,老胡心里比吃了蜜糖还甜。

有一次,老胡从城里回来,花了一百多元给老婆买了一身时装,老婆一试穿,正合身,样子又好看,心里就高兴了一半,忙问多少钱。老胡说:"便宜,便宜,只有六七十元。"老婆另一半也高兴了,但她还故意板着脸问:"到底六十还是七十?"老胡伸手做了个"六"的姿势,说:"六十,六十。"

她老婆刚才在镇上看过这样式样的服装,价格要一百多元,现在丈夫买了这么便宜货,有点不相信地问:"真的?"老胡嬉皮笑脸地说:"我骗你就不是你的男人。"老婆开心得夸道:"你真有两下子。"老胡心里又像吃了蜜糖样的甜丝丝。

正在这时,老婆的妹子开门进来了,看见姐姐穿了新衣服,就说:"咦,阿姐,多漂亮!哪里买的?"

老婆见妹子在夸奖自己,就答非所问地说:"你姐夫买的。""多少钱?""六十元。""啊,真便宜!"说着转身对老胡说:"姐夫,给我也买一身,好吗?"

老胡一听,心里"咯噔"一下。老婆见他不答腔,白了他一眼,说:"我妹子托你买一件,还迟疑啥?"老胡连忙满脸堆笑说:"好好好。"

那么老胡为啥迟疑?因为经济大权全在老婆手里。老胡的工资奖金一发下来，必须如数交给老婆，少一分也不行，然后再从老婆手里"回扣"一些零用钱，好在老胡平时一专多能，头子活络，搞点第二职业，挣点外快，才积下私房钱。平时买回的东西，只要老婆批准，可以从老婆那里报销，而那些讨好老婆欢心的"便宜货"，其实是他挖自己的私房钱贴上去的，这对老婆当然绝对保密。现在小姨子也要买这身时装，他又要贴出五六十元的"肉里本"了，但老婆的话就是圣旨，只得硬硬头皮答应下来。

到了当天晚上，老婆又笑嘻嘻地对老胡说："单位里的小姐妹们都说这身衣服好，价廉物美，要我再托你多买几身。"

老胡一听，如雷轰顶，一下子瘫倒在沙发上直翻白眼。老婆脸一沉："这有啥为难的，钱由他们出，又不叫你白送！"老胡还是不吱声，老婆火了："我已答应她们了，你答应也得答应，不答应也得答应，否则，叫我的脸往哪儿搁。"说完，两眼盯着老胡。

老胡急得喉咙冒烟，这哪能贴得起呀！只好哭丧着脸，道出了真情。

老婆一听跳将起来，大声问："你的钱哪里来的？"老胡支支吾吾："这……"

"啊！"老婆一下子醒悟过来了，"你……你藏私房钱？"这下不得了了，老婆耍起泼来，又哭又闹："你这个没良心的，平时口口声声说爱我，听我的，背地里却藏着私房钱……呜呜……我活不了啦，呜呜，我活不了啦……"

老胡一时慌得手足无措，嘴里只是说着："你不要这样嘛，听我说，……"

老婆突然怒目圆睁："谁听你的，你这个伪君子，我可把你看透了，你既然可以瞒着我藏私房钱，又怎么不会瞒着我去偷女人？我和你没完！你不老实坦白交代清楚，我、我就和你离婚！"

一听老婆说出"离婚"两字，老胡顿时瘫倒了。

（张更生）

床下堵鼠洞

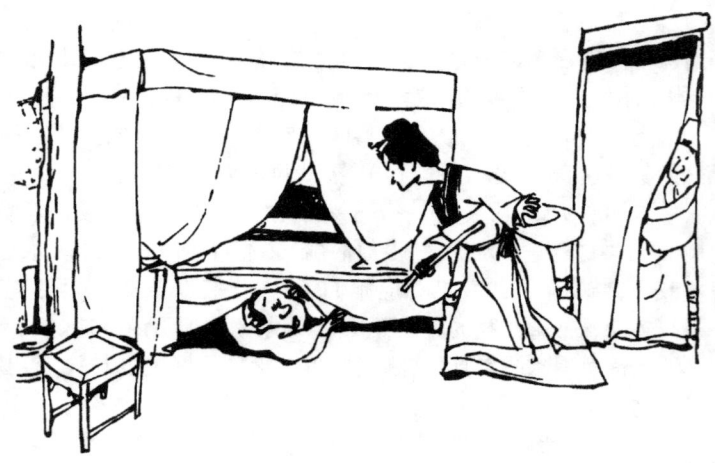

有这么一个人，从来就是他老婆说什么，他就老老实实地做什么，不敢说半个"不"字。

有一天，他可怜巴巴地哀求老婆："以前我对你百依百顺，这次我求求你可怜我一次。明天我有个做官的朋友要来我家。朋友来了，请你样样事都依我说的办，不要发脾气，暂时先忍耐一下吧。朋友见你这样贤惠，回去一宣扬，你的贤德名声就大了。待朋友走后，任凭你怎么处罚我都行。"

他老婆被他戴了"贤德"的帽子，就一口答应了。

第二天，那朋友真的来了。丈夫摆起了架子，不停地下命令："端椅子"、"倒茶来"、"打酒来"、"端菜来"。

老婆好几次忍不住要发作，但见丈夫忙不迭地向她丢眼色，做手势,才将满腔怒火咽进肚里。

折腾了半天,那朋友才告辞而去。

没等客人走出门几步,屋里就风雨大作了。老婆把憋了一上午的气全都发泄了出来。她拿起火叉棍朝丈夫打来。丈夫双手抱头逃进里屋,一头钻进床肚底下,留了屁股在外面,任凭老婆打,一声也不敢吭。他有经验,如果一还嘴或讨饶,老婆的棍子就打得更重。

老婆用棍子在他屁股上打了十几下,手都打酸了,当然也有点儿不忍,就叫道:"天诛路倒的,爬出来,我今天不打啦,欠一半账记着,下次打。"

丈夫回答说:"不爬出来,大丈夫说话算数,不爬出来就是不爬出来!"

事有凑巧,那位朋友匆匆出门把伞忘了带走,现在回来取伞了。朋友问他在哪,老婆说:"在里间。"

朋友拿了伞,走近房门口向他道别,见他钻在床底下,朋友奇怪地问:"老朋友,你钻在床底下做什么?"

他答道:"床底下有个老鼠洞,我想把它堵起来。"

老婆一听,差点儿笑破肚皮。

(古　乡　整理)

"万岁爷"告天

　　牛三的老婆丁氏比牛三小了十岁,在家就是"万岁爷",一张口就是金科玉律,牛三不敢违抗分毫。

　　这年五月端阳,丁氏要回河东娘家送粽子,一早起来她就趁凉快上路了。牛三见妻子出门,忙追到门外,问道:"我今个儿干啥活?"丁氏说:"打麦子。"牛三忧愁地说:"打麦子倒是要紧,就不知道老天爷咋样呢?"丁氏手指场上的麦垛说:"好晴天,就把那个大麦垛扒了,摊开打打;要是有点云彩,就把那个半大的扒了,摊开打打;要是阴天,把那个小麦垛扒开……"没等丁氏话说完,牛三又继续请示说:"夏季,天说变就变……"丁氏不耐烦地喝道:"天若下雨了,就给我在家编草鞋,你敢东逛西荡去打牌,小心着下跪、顶灯!"

丁氏走了以后，牛三看见东方的天火红火红，大太阳一蹦三跳便跳出了山坳，他赶忙把最大的麦垛扒开，一个人忙乎了整整一早晨，才摊到场上。哪知，吃过早饭，北边的山垛戴上了帽子，天顿时灰灰一片，他又按照丁氏的安排，将半大的麦垛扒开，弯腰弓背连忙把麦摊开。到了傍午时分，一阵东风刮来了满天乌云，天阴下来了，牛三顾不上套牲口碾麦子，连一口气也没喘，慌慌张张将最小那个麦垛也扒开了。过了不一会儿，就"哗哗啦啦"下起了大雨，牛三一见，就规规矩矩坐到家里编草鞋。

因为雨下得大，河里涨了水，丁氏被隔在娘家住了四五天，等到她一回到家，只见满场的麦子都绿茵茵生芽子，一季的庄稼全完了，她气得顿首跺足，冲进门来，大骂男人："你这个鬼东西，钻哪儿去了！"

牛三慌忙答道："我在屋里头编草鞋，你看，编一大堆了！"

丁氏一跳三丈高，抓起一根擀面杖朝男人打来，牛三吓得"扑通"跪倒在地，叩头作揖说："万岁爷呀，这事全怪老天爷，它不该一日三变。我照你的御旨把麦垛都扒了。你本事大，告老天爷去，叫它赔咱的麦子！"

丁氏无辙了，气得大哭道："你看天变，就别扒呀，留下个小麦垛，咱也能喝点面汤！"

牛三也哭道："君叫臣死，臣不敢不死。万岁爷的御旨，臣民怎敢不遵呀？"

这一年，"君"和"臣"只得一块儿拿起棍子去沿街讨饭了。

（封光钊　搜集整理）

请夫人阅兵

从前，有一位大将军，能征惯战，两臂有千斤之力，全身有万夫不当之勇，带兵打仗是攻无不取，战无不胜，人们称他为无敌将军。

可是，大将军的夫人比他还高明得多，要讲用兵，在夫人面前他还是个刚开蒙的小学生。论起他夫人的军事才华来，那真可以比姜尚，赛孙膑，不亚于诸葛孔明，称得上是罕见的巾帼英雄。可惜在那个时代妇女不被重视，本事再大，在朝廷里也挂不上号，她的军事天才只得通过丈夫用上了。丈夫每次出征，打着胜鼓回来，多数都是按着夫人的谋略办的。

将军不如夫人，自然从心眼儿里就钦佩夫人，尊敬夫人，敬而生畏，就怕起夫人来了。

这位将军从怕夫人慢慢发展到不接近夫人。再仗着自己有职有权有势有钱,在皇上眼里是宠臣,在文武百官眼里有威望,于是,那些溜须拍马之辈,阿谀奉迎之徒,就凑到将军身边,讨得了将军的欢心,很快就成了将军的贴心人,将军对他们也就无话不谈。

这一天,他把怕老婆的事跟他们说了。这些帮闲们听了,就你献歪计策,他出坏点子。在他们的唆使下,这位将军就放荡不羁了,他每日里寻花问柳,宿妓狎娼,经常不回家,军营里的事也不过问。眼看这位将军就腐化堕落下去了,有人把这事儿告诉了夫人。夫人知道后,急忙派人把将军叫回家来,严加约束。

将军回到家来,夫人故意在他面前示威。她的生活起居故意不差婢女,偏让将军端饭、倒茶、穿戴、洗漱、铺床、叠被、掌灯、挥扇,甚至连洗脚穿鞋都让将军亲自侍候,稍不如意,就横眉立目,厉声斥责。将军只得弓背俯首,屈膝弯腰,不敢还口,受尽了委屈,装了一肚子苦水。

这一天,将军在校场操练完了军士准备回家,一想到回家,心里就发起怵来,不由得长叹了一声:"唉——"

走在他身旁的副将忙问:"将军因何叹气?"将军就把夫人如此这般对待他的经过说了一遍。副将听罢,气愤地说:"岂有此理! 我等都是沙场上杀敌的战将,怎能怕那长头发的女人? 应当立即传令兵将,兵发将军府,去征讨这个恶女人,给将军大人出这口气!"将军一听,正合心意,立即下令点兵聚将。

令出如山倒,霎时间,兵似兵山,将如将海,众兵将整整齐齐地排列在校军场上。令旗一挥,队伍出发了。

将军顶盔贯甲,胯下乌骓战马,手擎一杆银枪,精神抖擞,威风凛凛。副将骑马走在将军身旁,气派不亚于主将,大队兵马随后紧跟,旌旗飘飘,刀枪闪闪,鼓声阵阵,炮声隆隆,前呼后拥,浩浩荡荡,来到将军府门。

这时,那位副将的夫人正在将军府与将军夫人谈今论古,颂诗咏赋。她们正在兴头儿上,忽听府门外杀声震天,不知出了什么事情,立即命丫环出去看望。工夫不大,丫环回来,战战兢兢地说:"夫、夫人,大、大事不好了,是、是将军和副将,带、带领兵马来、来征讨夫人。请夫、夫人快快躲避!"

听了丫环的禀报,两位夫人相对笑了。将军夫人说:"这倒是一件新鲜事,丈夫领兵伐妻,闻所未闻。走,咱们到府门外去,看看他们是怎么个征讨法?"

两位夫人带了几名侍女,款款走出府门,站在高高的青石台阶上。将军夫人开口问道:"你们这样跨马舞枪,兴师动众,意欲何为?"副将夫人说:"闻得丫环禀报,尔等兴兵,是来征讨夫人,果有此事,实乃大胆!"

两位夫人说话的声音并不大,可是将军和副将听了,犹如头上打了一个闷雷。两人急忙滚鞍下马,躬身施礼,同时声音颤抖着说:"我两人怎敢征讨夫人,带兵前来,是请、是请两位夫人阅兵!"

(王汝芳　耿建华　搜集整理)

花银子买打

　　从前,有个知府十分惧内。一天,他把手下的衙役全都召集在一起,问道:"你们谁不怕老婆谁举手!"

　　衙役们你看看我,我看看你,没有一个举手的。知府觉得很丧气。他本想找个不怕老婆的衙役,自己也好向他取取经,今后少受老婆些气,可手下人都怕老婆,这可怎么办呢?他想来想去,忽然灵机一动,拿出一锭银子,放在公案上,又说:"你们怕老婆总不能一年三百六十天天天都怕吧?本老爷特备下白银一锭,谁能举出一件不怕老婆的例子来,老爷就把银子赏给他。"

　　衙役们仍然摇头摆手,他们眼瞅着白花花银子而没福分弄到手,感到很惋惜。

　　忽然,有个衙役站起来说道:"禀老爷,我哥哥有一件不怕老婆的事儿,我若说出来,可不可以领银子?"

"可以,可以!"知府忙说,"谁的都行。"

于是那位衙役说道:"说起怕老婆来,我哥哥在村里是个出名挂号的人。可是有一次他喝了酒,假装醉了,回家后找个借口假装发酒疯,把我嫂子打了一顿。从此,我嫂子再也不敢对我哥哥发厉害了。府台大人,您不妨一试。"

"好主意,好主意。"知府笑了,"我总算没白把你们召集在一起。"

几天后,知府在衙内喝了点酒,回到住处,就假装发酒疯,借口把老婆打了一顿。老婆见他一反常态这般厉害,没敢吱声,知府从此在老婆面前胆子也壮了,说起话来趾高气扬,他满以为往后老婆再也不敢对他发厉害了。

过了几天,老婆问知府:"那天你喝了酒,咋回家发那么大的脾气?"

知府说:"喝醉了,一时迷糊,什么也记不得。"

"现在清楚了吗?"

"没喝酒当然清楚了。"

"清楚了好!"老婆拿起鸡毛掸子,喝令知府跪下,"说,你这一手是跟谁学来的?"

知府不敢隐瞒,哆哆嗦嗦地把花一锭银子召集衙役买法儿的事儿说了一遍。

老婆更生气了:"一个堂堂知府,竟听下人胡言乱语,凭这就该重重责打!"

知府叹口气说:"咳,你再打,这一锭银子算是白扔了。"

(常 磊 搜集整理)

打五下肚皮

有个县官到了任上,刚安顿好家眷,就听见堂鼓"咚咚"敲响,慌忙穿戴整齐升了堂。班头把原告带上堂来,却是一个道士,右手捂着脸,手指缝里渗出血来,左手死死揪住一个和尚不放。县官问:"你们两个出家人,拉拉扯扯成何体统?"

道士带着哭腔说:"老爷,这和尚把小道的鼻子给咬掉了。"他放下右手,县官一看,可不是,道士的鼻子没了,满脸血糊糊的,顿时怒问:"大胆和尚,你为何咬掉道士的鼻子?"

和尚叩个头,说:"青天大老爷明鉴,贫僧从未咬过道人的鼻子,那是他自己咬掉的,却来诬告贫僧。"

县官扭脸怒斥道士:"大胆道士,你咬掉自己的鼻子,为何诬告和尚?"

道士把头叩得"咚咚"响，说："大老爷，和尚胡说八道，鼻子长在嘴上面，小道怎能自己咬掉自己的鼻子？"

县官试了试，自己的嘴确实够不着自己的鼻子，又扭脸怒斥和尚："大胆和尚，自己的嘴明明够不着自己的鼻子，道士怎会咬掉自己的鼻子？"

和尚说："他是垫着板凳咬的。"

于是道士跟和尚又大吵起来。

县官越听越弄不清是咋回事，就命令班头把和尚、道士都押起来，宣布退堂。他急急忙忙地跑回内宅，把案子跟夫人一说，夫人说："你垫着板凳咬咬自己的鼻子试试。"

县官就跳上板凳，张大嘴，可怎么也咬不着鼻子，又爬到桌子上，还是咬不着。夫人说："要想审清此案，须得如此如此。"

县官依了夫人的主意，喊来两个衙役，把一架屏风抬到大堂上，立在公案旁，又重新升了堂。

班头好不奇怪，这位老爷在公案旁立个屏风干什么？却又不敢问，只是遵照县官的命令把和尚、道士重新带上堂来。

县官把惊堂木用力一敲，怒喝："大胆和尚，本县亲自试过了，不但垫着板凳根本咬不着自己的鼻子，就是爬上桌子也咬不着。你是如何咬掉道士鼻子的，还不从实招来！"

和尚连连叩头，大叫："冤枉啊！道士是爬上梯子咬的。"

县官向屏风后面看了看，喝道："你还敢狡辩，就是爬上梯子也咬不着自己的鼻子。来人，把这恶和尚拉下去，给我打！"

班头让两个衙役把和尚拉下堂，按在地上，问："老爷，打多少？"

县官说："先打一斤。"

班头心里话，你让我打酒去呀？忍不住捂着嘴笑。县官知道话有纰漏，忙向屏风后面看了一眼，才说："混蛋，老爷叫你打你就打，问打多少干什么？"

班头没办法,就让衙役动手打。刚刚打了五板子,县官说:"停下,把和尚翻过来打!"

班头说:"老爷,自古以来的规矩,打犯人只有打屁股的,哪有打肚皮的?"

县官破口大骂:"好狗头,一个将军一个令,老爷叫你打肚皮你就打肚皮,管它啥狗屁规矩?"

这一次不光班头笑,三班衙役笑,就连挨了五板子疼得龇牙咧嘴的和尚也忍不住笑起来。县官一敲惊堂木,怒骂:"好狗头,胆敢笑老爷!"

大家慌忙屏住气,却听见屏风后面"扑通、扑通"响了几声。县官又命令:"你们都去给老爷端那和尚!"

班头不敢吭声了,就带着衙役们"噼哩叭啦"地乱脚端下去,把和尚端得鬼哭狼嚎。

退了堂,衙役们聚集在后院里,七嘴八舌地议论着老爷的古怪举动,谁也猜不透屏风后面是咋回事。

这时,忽听得内宅有女人高叫:"没当官你是稀饭锅里下元宵——糊涂蛋,当了官你是十斤肉做个肉丸子——大混(荤)蛋!老娘伸开五指,把手翻了八下,是让你重责和尚四十大板,你咋让人把他翻过来打肚皮?难道连五八四十都不知道?"

县官说:"就是你会放马后炮。"

女人又说:"我跺脚是生你的气,你咋叫人用脚端和尚?"

县官说:"你叫我看你的动作行事的。"

衙役们这才知道,原来是夫人躲在屏风后面给县官出谋划策。接着,就听见夫人怒斥:"三天不打,上房揭瓦,脑袋瓜子还没暖热乌纱帽,就敢跟老娘强嘴了!回屋去,给老娘跪下,不跪到三更不许上床!"

县官说:"我是七品知县,怎能跪娘儿们?"

"你跪不跪?"

"不跪!"

随后,就听见"噼哩扑通"一阵响,县官狼狈不堪地逃出内宅,一见这么多衙役都在院子里,慌忙躲到班头身后。

夫人提着一根擀面杖 到门口,见县官躲在班头身后,就站住了脚。班头故意问:"老爷,这是怎么回事?"

县官的脸色"刷"地涨得猪肝一般黑紫,"吭吭哧哧"好一会子,才说:"老爷是堂堂朝廷命官,这女人竟让老爷擀面条,老爷说不擀就是不擀!"

夫人扔下擀面杖,说:"我是给你说着玩的,回来吧。"

"真不叫我擀了?"

"哪会有假?"

县官刚走进内宅,夫人把门一上,衙役们就听见县官连声求饶。班头扒着门缝一看,只见夫人揪着县官的耳朵,正往屋里拉呢。

(方　立　搜集整理)

大混蛋一个

有个县官是个不学无术的糊涂蛋,他的一举一动,都是唯夫人之命是从。

一天,八府巡按来这个县巡察,县官要去公馆拜见巡按。临行前,夫人一再叮嘱他,对巡按要称"大人",自称"卑职",称巡按的家眷为"宝眷",称她为"贱内"。县官一一应了。

县官见了巡按,行了礼,巡按请他坐下。说完了礼节性的应酬话,他就该走了,可他仍坐着不动,巡按只好没话找话说:"贵县年轻有为,今年贵庚多少?"

县官暗吃一惊,心里话:我跪到三更的事咋叫他知道了? 为了挽回面子,就说:"回大人,卑职跪更也没跪多少,顶多跪到二更多,没跪到三更。"

巡按听县官答非所问,只当县官没听懂,就换了个问法:"贵县青春几何?"

恰巧,县官夫人的闺名叫晴春,把他羞得脸上红一阵白一阵地,说:"回大人,只一个贱内就够卑职受的了,还敢有几个? 倒不知大人宝眷有几个?"

巡按听了,哭笑不得,随口骂道:"糊涂蛋!"

县官连忙分辩:"回大人,贱内说卑职不是糊涂蛋。"

"不是糊涂蛋是什么?"

"贱内说,卑职是十斤肉做个肉丸子——大混(荤)蛋!"

(方 立 搜集整理)

胡 闹 戏 谑

夫妻生活免不了有谐趣,不尊重对方的谐趣,便成为戏弄。

"妻管严"罚妻

　　凡在新辉机械厂呆过的人都知道厂长姬斌是有名的"妻管严",其实,细一琢磨也能理解:你想:四五千号人的大厂,事无巨细,够老姬忙的了,家中的领导担子自然地落在了妻子贺芳身上。洗衣做饭带孩子,样样都让贺芳整治得有条不紊,就凭这一点,姬斌在家不管有理没理都得俯首称臣。用姬厂长自己的话说:"当双方意见一致时,她听我的;双方意见有分歧时,我听她的!"听!堂堂大厂长落到这"份儿"上,够惨了!

　　姬厂长在家是"软乎"了点儿,在厂里,那可是雷厉风行,说一不二。新辉厂是全市数一数二的大企业,过去大锅饭吃惯了,一直维持着"撑不死、饿不着"的局面。姬斌一上任,就首先抓了一下劳动纪律,制定了几条规章制度,其中一条是:无故迟到、早退者,罚在厂门口值勤,直至捉住第二个代替自己为止。并由自己亲自担任"纪律检查组"组长。

大会宣布的第二天,一上班,厂大门口"刷"地一下人影全无,一连两个月,没发现一个违犯纪律的。你想:有谁愿意在光天化日、众目睽睽之下出此洋相呢?

这天,上班铃声刚过,姬厂长在厂值过夜班,向办公室主任赵强交待几句,正想回家休息,一扭脸,透过窗户玻璃发现一位女同志正慌慌张张往厂里跑。定睛一看,不觉心中"咯噔"一下,正是自己老婆贺芳。他想了想,忙回头招呼赵强:"小赵,你看谁迟到了?"

赵强其实早已发现了贺芳。他知道厂长在家的地位,便打起了马 眼:"哪儿呀?我怎么没看见,八成是您一宿没睡,看花眼了吧?"

姬斌说:"没错儿,我看是贺……"

"那,我一会儿去了解一下。"赵强忙打断姬斌的话头,拔腿想溜。

姬斌一看,顿时全明白了,他两眼一瞪,大喝一声:"回来!真没看出来,你赵强的'马屁'拍得也蛮有味道嘛!告诉你,按规定办事,你不罚她,我就罚你这个纪律检查组的副组长!"

姬斌回到家,感到又累又乏,扒了两口贺芳特意为他留的早饭,往床上一躺,便"呼"地一声睡了过去。不知迷糊了多久,就听得有人在耳边叫道:"厂长大人,快起床吧,饭都准备好了!"他睁眼一看,见是妻子像往常一样在轻轻地唤他,再仔细一打量,发现她眼皮有些红肿,他猛然想起早上的事,睡意顿时全无,连忙一个骨碌爬下床来。

桌上的饭菜早已准备好了,还摆上一瓶他平时最爱喝的青岛啤酒。贺芳默默地打开瓶盖倒满一杯,放在姬斌面前,老姬心中一颤:"芳,对不起,我实在……"

贺芳款款一笑:"别说了,厂长以身作则,抓典型抓到老婆身上也毫不手软,多有说服力呀! 不过话又说了回来,厂有厂规,家有家规,遵守纪律,言行一致,表里如一,对吧?""对对对!"姬斌一时没明白妻子的意思,只顾跟小鸡啄米似地一个劲儿点头。

"那好,我也给咱家订了几条!"贺芳说罢朝墙上一指。

姬斌抬头一看,见墙上贴着一张纸,上写《关于遵守家庭纪律的通告》,再看看条款:一、下班铃响十五分钟内准时到家,迟到者罚每日做三顿饭,直至捉到第二个迟到者为止;二、不准在家同客人谈论工作,违犯者,罚每日洗衣三件,直至捉到第二个违犯者为止;三、晚上十点前必须准时回家,来晚者,每日罚跪两小时,直至……通告最后还附有说明:谁的客人违犯以上规定,谁代客受罚。

姬斌一看急了:"贺芳,你这不是专冲我订的吗? 不行!"

贺芳又轻轻一笑:"遵守不了也可以,以后不再进这个家好了!"

姬斌一咬牙:"这几条你休想吓倒我,好,就这么办! 我不信……"

话还没说完,就听得有人按门铃,老姬一开门,党委书记老严一头闯了进来:"老姬,厂里有件事,我来问问……"

话刚说到这儿,便听姬斌一声断喝:"老严,别说了!"

老严吓了一跳,再一看,只见贺芳不知从哪儿拿了三件脏衣服,朝姬斌怀里一塞,不动声色地说:"按规定办事,快去洗!""为什么让我洗?""严书记找你谈工作的,当然该你洗,装什么糊涂!"

"你就一口断定老严是来找我的? 不一定吧?"姬斌说着转过身,挤眉弄眼地用下巴指着贺芳故意问道:"老严,你到底是来找谁的?"

原来,老严上午听了赵强的汇报,害怕中午两口子闹矛盾,动真格,贺芳会施用"家法"惩治姬斌,便故意借谈工作为名来替姬斌解围,谁知一进门便弄了个莫名其妙。他见姬斌一个劲儿朝他使眼色,终于心领神会,便把刚才嘴边的话变了过来:"我是来找小贺的。"

贺芳急了:"严书记,您刚才还说是来找他问厂里什么事的!"

姬斌忙圆场:"不错,他是说厂里有件事找我问问你在不在家。你在家,当然是来找你的。对吧?老严。"

老严只好糊里糊涂地乱点头:"对、对、对。"

姬斌哈哈笑了起来:"贺芳同志,这衣服该你洗了吧! 哈哈……"

"你们官官相护,没有一个好东西!"贺芳再也忍不住上午的委屈,"哇"地一下哭了起来,"要不是给你这个没良心的做早饭,我咋会迟到这两分钟,以后,不饿死你才怪……"贺芳一边哭着骂着,一边握紧双拳,像擂鼓似地在姬斌背上捶了起来。

老严见厂长挨打,忙上前劝阻,却被姬斌一把拦住:"老严,快忙你的去吧! 打是爱,骂是亲,不打不骂是仇人,我现在正体味爱情滋味呢!"

贺芳正累得胳膊发酸,听丈夫这么一贫嘴,禁不住"扑哧"一下,破涕而笑。

从此之后,姬斌厂长在家里的命运如何,不得而知,光知道新辉机械厂的经济效益却是八月半的海潮——"哗哗"地直往上涨。

(申之珉)

儿子胜老子

老王年过半百,在一家大公司工作。一个月工资、奖金加上各种津贴,收入不算少。老王太太是内当家,可算得上是"总理"兼"财政部长",里里外外一把抓。老王除了自己留点香烟零花钱,每月收入全部上缴。同仁们说他没有男子汉大丈夫气概,可他振振有词地说:"这就是对老婆的爱!"

但是,没过多久,老王终于改变了现行政策。

那天是儿子结婚。在婚礼仪式上儿媳来拜见公婆,老王正襟危坐,一副春风得意的样子。忽然旁边有人凑热闹说:"老王,你做阿公的应该有所表示表示。"

老王一听,是呀!做阿公的,应当有所表示,以显示一下阿公的气派。可是转而一想,糟糕!袋袋里只不过一两张"分",怎么拿得出手？顿时面孔涨得通红。

这时，王太太神情自若地朝儿媳微微一笑，从袋里摸出两个红包递给儿媳，说："喏，这是我的，这是我代表你阿公的。"

儿子、儿媳接过红包，连声谢谢。老王尽管脸上堆笑，可心里直犯嘀咕：唉，自己没有钱，这台型被你老太婆扎去了。

打这以后，老王就多了个心眼：看来"私房钱"还得藏一点。常言道"爹有娘有不及自己有"，自己有了"小金库"，到了急用时就不会出洋相。回想起来，有时有点事要向太太拿点钱，太太总是拖三阻四的从来没爽气过。对！藏私房钱！

打这以后，老王就把能混过去的钱扣下来，一段时间下来倒也有了好几百元。藏私房钱可是个秘密行动。藏在哪里？老王专拣箱子底下、大橱角落里藏。俗话道："一人藏、百人寻。"不会有问题。

这天，老王下班刚踏进家门，王太太笑眯眯地对他说："老头子，你妈真想不穿，生前舍不得吃、舍不得用，却把钱藏在箱子底下。"

老王开始还听不明白，也附和着说："是呀！我妈就是想不穿，藏了钱自己不用。"但又一想：不对！会不会是自己藏的钱？急忙问："有多少？"王太太拿出一个纸包："看，一百二十元。"老王一看，真叫哑子吃黄连有苦说不出，这正是他自己藏的钱呀！可是脸上却不能露出声色。

过了几天，王太太又笑着对老王说："喂，老头子，我又发现'新大陆'啦！你看，大橱里面还有两百元哩！"

老王一听，急得浑身出汗。该死，辛辛苦苦扣下的私房钱又归"公"了。

老王反复想了又想，决定改弦更张，私房钱不能放在家里，于是他便将私房钱放到公司办公桌的抽屉里。

老王以为事情就此结束了，哪知没过几天，王太太又笑着对老王说："喂，老头子，你妈的钱也真是够多了，东藏西藏，你看，又被我找到了一百五十元。"什么！老王惊讶地瞪大眼睛：我的私房钱已不放在家里了，怎么又会出现钱呢？奇怪，难道真的是我妈显灵了，送钱贴补我这个怕老婆的儿子？要不就是我自己藏的忘记了。

王太太自从多次发现"新大陆"，一下成了勘察迷，有事没事就翻箱倒柜。这下老王却乐了。心想：你拿了钱也得花点力气。于是索性来个装腔作势，推波助澜，对太太说："说不定我妈藏的钱还不少，要仔细挖掘挖掘。"

王太太听了自然高兴，于是今天找，明天翻，常弄得气喘吁吁、腰酸背痛。老王见了心里暗笑：你找吧，翻吧，看你还能翻到啥！可是，奇怪的事竟然又发生了，这一天，老王下班刚进门，王太太就笑呵呵地说："我说老头子呀！这钱还是有呢，你看，在五斗橱角角里，又找到了两百元。"

什么！这下老王真的呆住了：怎么真有此等怪事？我妈真的显灵了？可是妈呀妈，你要给应该给你儿子，怎么老是给儿媳妇找去呢？老王越想越奇怪。后来奇事终于揭开了盖。

一天，老王的儿子悄悄对老王说："爸，我藏在五斗橱里的两百元钱，你见到过吗？"

老王一听儿子问到钱的事，顿时明白了是怎么回事，真是哭笑不得，心里叹道：唉，想不到儿子的"气管炎"比我生得还早，他也藏起了私房钱哪！

（范永林）

水从高处来

　　有个叫安鸿渐的人,处事机智幽默,但在家很怕老婆。

　　这天,他老婆的父亲死了。按当时的习俗,他们夫妻俩必须在迎送前来吊丧客人的路上痛哭,安鸿渐尽管不大愿意,但也只好跟着老婆装样子哭几声。

　　他老婆见他哭得一点也不伤心,就把他叫到帐幕后责问道:"你怎么哭起来没有眼泪呀?"

　　"眼泪都被我用手帕擦干了。"

　　"明天一早,你面对我爹的棺材,一定要哭出眼泪来!"

　　安鸿渐怕老婆责骂,只得点头答应了。

　　到了第二天,他终于想出了一个办法。他用宽宽的头巾裹了湿纸藏在头上,然后一边大放悲声,一边不断用手拍自己的脑袋。

他老婆发现他哭得不对,又把他叫了进去,责骂道:"泪水应该是从眼睛中流出来的,你怎么是从脑门上流下来的呀?"

安鸿渐回答说:"你难道没听说过,水是从高处源头上流下来的吗?"

(人　可　编写)

还有五壶酒

　　有个叫张好沽的人,人如其名,特别爱喝酒,一天不喝酒就浑身不自在。但他又特别怕老婆。他老婆是个好面子女人,对他做出规定:平日不准喝,只允许来了客人时陪酒。张好沽不敢违抗妻子的指示,只得盼望每天来客人。

　　张好沽家境好,人缘好,加上来了客人他就能过过酒瘾,所以每次客人来了,他就特别热情,和客人开怀畅饮之后,还向客人发出"预约",因此,他家几乎天天来客不绝。

　　张好沽过了一段开心的日子后,不知什么原因,一连十天没有客人登门,这可把张好沽憋死了,可怜他每天从东边太阳一出盼到金乌西坠,也不见客人的影子。他想:不能光坐在家里干等,应主动出击。于是跑到路边,盼望能碰上一个亲戚或朋友,就把他们拉来家里。哪知张好沽实在酒运不济,一直等到日落西山,居然没见到一个过路的亲戚朋友。

他本想回家,可是此刻酒瘾发作,顿时,胆从酒边长,智由酒中生。他见前面走来一个陌生的中年汉子,紧跨几步迎上去,像见到久别重逢的老朋友,笑容可掬地左一个"老朋友",右一个"多年不见",叫得对方不知所措。

中年汉子定了定神,见张好沽这般热情,他不由怀疑自己怎么把这位"老朋友"给忘了。他觉得忘了"老朋友"实在不应该。现在这"老朋友"这么热情地邀自己去他家作客,更是盛情难却。于是,就稀里糊涂地跟着张好沽往他家走去。

一进门,张好沽就急切地叫妻子炒菜打酒,酒菜上来,哪知这中年汉子不会喝酒,他只是礼节性地接了酒杯,和张好沽碰了十多次杯后,他酒杯中的酒没少一滴,而张好沽已把一壶酒喝了个底朝天。张好沽十来天滴酒未沾,一壶酒哪够? 壶一干,他立即叫妻子再打一壶来。

张好沽的妻子何等聪明,打从这"老朋友"一进门,就见他一脸尴尬、浑身不自在的样子,又见他不喝酒,心里已明白了几分,但因有"约"在先,不便当着客人的面揭穿丈夫的把戏,只得忍气提了壶进里屋打酒,但越想心里越气,便想警告一下张好沽,所以在进里屋门时,又返身朝张好沽狠狠瞪了一眼,伸出一个巴掌,做了个要打的手势。

张好沽正眼巴巴望着妻子去打酒,突然见妻子做了这等手势,知道妻子已看穿了他的把戏,心里一惊,那双夹了菜正要往嘴里送的筷子在鼻子底下定了格。

坐在他对面的客人见主人这般举动,以为他们夫妻俩为了招待自己闹了矛盾,顿时尴尬地立起身告辞要走。

张好沽见客人要走,才惊醒过来,忙一把拉住客人说:"老朋友,你别走! 咱俩慢慢喝。你刚才都看到了,我老婆刚才用手势告诉我,家里还有五壶酒呢!"

(周福龙)

俯首帖耳

　　如果一个男人不显示他的英雄气概，他就很难树立权威。

报不清的账

　　石鼓山下有个河渠村,河渠村里有个年轻人叫魏三胜,魏三胜养了一只狗,取名"阿龙"。这一天阿龙病了,魏三胜匆匆进城去买药,药店里的伙计给他把药包好了,一算账,三胜忙掏钱。哪知几个口袋全掏了,连一毛钱也没。原来他走得急,忘带钱了。

　　没钱就买不了药,跑这么远的路进城,难道再空着手走回去?三胜决定上街碰碰运气,找个熟人借几块钱。哪知从南街走到北街,走了好半天,连一个熟人也没碰上,三胜好丧气呀!

　　就在三胜灰心丧气时,猛然间想起一个人来,这个人叫程喜元,在城里的自来水公司任副经理。这位程喜元同魏三胜本是一个村子里的人。因为一个住在村东头,一个住在村西头,而且两人岁数也相差一大截,平时没什么交往。可今天,魏三胜想到去找程喜元,也是抱着"死马当着活马医",去碰碰运气。

魏三胜走进自来水公司,恰巧碰上公司里的人在开会,程喜元正坐在会议桌前比比划划,做着手势在讲话。魏三胜只得在外边等,一直等到程喜元出来了,才赶紧上前说:"程经理,我来给阿龙买药,想从你这里先拿几块钱,回去给你送回家里。"

程喜元一听,脸上立时变了颜色,非常关切地问:"阿龙病了?你来买药?"魏三胜点点头。程喜元接着问:"什么病症?"三胜说:"不想吃,吃了往外吐。"程喜元一边听,一边急忙掏钱给三胜,又仰脸思索了一会儿,说:"那得再吃些开胃口的东西。"说罢,领着三胜上街,买了两盒山楂丸,三斤山楂片,一大块山楂糕,让三胜带回去。魏三胜接过这些东西,心里直纳闷:程喜元咋这么够意思,感动人呢!

三胜买药回家后,就去程喜元家还钱。到了程家门口,就听见屋里传出高一声、低一声的说话声。女的高声问:"这个月咋花了这么多钱?"男的喃喃呐呐没有说清什么。"吃饭钱咋多花了三元五?""伙房做了一顿火锅吃。"女人的声音又提高了八度:"烟钱也不对呀!缺着一元四!钱呢?""那……那……"男的支吾了半天,说不出个子丑寅卯来,又结结巴巴地回答:"让我想……想想……"男的还没想上来,女的又冒火了:"这月吃了这么多药,都有处方?""有,有。"男的赶紧连声回答,接着是一阵"窸窸窣窣"的声音,大概是把处方递到了女的手里。

魏三胜在门外听了一会儿,怎么也听不出个头绪来,就三脚两步迈到门口,从门帘缝里往里一瞅,只见程喜元那年轻的妻子一脸冰霜,气悻悻地坐在沙发上,两眼瞪着门扇后边。魏三胜再瞧瞧门扇后边,只见程喜元耷拉着脑袋站在那儿,一会儿搓搓手,一会儿挠挠头,高低想不出那一元四角钱是怎么花了的,急得头上冒汗,热气缭绕,像刚揭笼的馒头。

原来程喜元的妻子名字叫阿龙,掌握着家庭财权,程喜元月底都得回来向妻子汇报本月花销。程喜元见三胜去买药,以为妻子病了,为了讨好妻子,提前回家来问安,不料妻子一见他就让他汇报,一下把他问住了。

过了一会儿,程喜元像学生考试时突然想起了答案似地一拍手,说:"我想起来了,那是那天来了一位老同学,买了一盒一元四角的迎宾烟!"

他妻子没有回答程喜元的话,只是反复数了数手中的钱,板着脸问:"还是不对呀,差着十几元哩!你把钱弄哪去了?"

这一回,程喜元胸有成竹,瞅着妻子的脸,讨好地说:"你不是有了病,不想吃东西?那是村西魏三胜给你买药花的钱呀!"说完,仰着脸儿,等着妻子夸奖。

哪料他妻子一听,猛地一拍大腿,身子向后一仰,连哭带骂起来:"好你个没良心的老东西,我在家好生生的,你就咒我有病,咒我不能吃东西!我死了,你可去把钱给你老娘、给你小娘去……"

这一来,吓得程喜元一下慌了手脚,筛糠似地浑身哆嗦,自然而然地"扑通"跪下,两只手左右开弓打自己耳捆子,一边自己骂自己:"都是我不好,都是我不是东西……"

魏三胜在门外瞧着,终于明白原来程喜元错把他的宝贝狗阿龙当成自己的娇妻阿龙了。于是他赶紧跨步迈进门里,歉疚地说:"程经理,是我没把话说清楚,是我家的'阿龙'病了。现在我来给你还钱来了。"

跪在门后边的程喜元见三胜进来,脸一下羞得红一阵、白一阵,想往起站又不敢站,偷眼瞅瞅妻子。妻子接过钱,朝他丢了个"允许"的眼色,程喜元才慢慢站了起来。

(马文广)

死也怕老婆

　　水家村有个屠夫叫张盛，长得人高马大，膀阔腰圆，论起屠宰手艺，方圆百十里地闻名。三四百斤的肥猪，一般人杀时，要四五个小伙子帮着，而张盛一个帮手也不要，只见他嘴上叼着刀，走到猪跟前，像举扛铃似地举起猪，"砰"地往地上一摔，然后就势一屁股坐到猪肚皮上，右膝盖和左手摁住猪的前蹄，右手持刀，只一刀捅进去，那猪就不再"哼哼"了。

　　张盛好喝酒，一天不灌两口"马尿"，钻到被窝里也觉着闹心。他酒量不大，一杯酒下肚，就胡言乱语，骂张三，损老二，好像他是力拔山兮的楚霸王。谁也不敢劝他，只有一人能降住他，谁？他老婆杏花。

　　这杏花既不像扈三娘会两套拳脚，也没有母夜叉那股凶狠劲。她是个又瘦又小的女人,而且自打进张家的门,就病恹恹的没精神过一天。开始,村里有人不相信张盛会怕老婆,为这个,看法相左的双方还打了赌。

这天,张盛干完活正要回家,被一伙人截住了,这个拿出一瓶酒,那个拎出两斤熟肉,邀张盛吃喝。张盛"嘿嘿"笑道:"娃他娘还等着我呢!"众人起哄道:"堂堂大老爷们还怕老婆!"张盛牛眼一瞪:"我怕她个屁!""你说不怕,咋不敢喝酒?"张盛脖子梗了梗,前后左右瞧瞧,"噔"地坐在田埂上,手一伸,吼道:"拿酒来!"人们递过酒瓶,他用牙咬开瓶盖,仰起脖子,"咕咚咕咚"就是几大口,人们齐声叫好。一个小青年激他:"大哥,你说,是你怕嫂子,还是嫂子怕你?"张盛斜睨了他一眼:"这还用问,咱大老爷们能怕个妇道人家?""那你敢骂嫂子几句吗?""这有什么不敢的,哪天我不骂她她敢困觉!"

人们兴奋了,怂恿他骂杏花,说只要骂了杏花,天天供他喝酒。张盛咧嘴大笑:"那你们可就亏大啦!"说罢,清了清喉咙,"啪"地吐了一口痰,骂道:"刘杏花算个什么东西?我叫她杀鸭她不敢宰鸡,我叫她爬树她就不敢登梯,我叫她……"

张盛说得正来劲,发觉人们的眼神一个劲往自己身后瞄,就不由得也回转身。这一转身不要紧,那半句话就像毒蛇口里的信子,刚露了个头又缩了回去。怎么的?杏花不知啥时来了,手里攥着根玉米秆,正横眉怒目地瞪着他。这一瞪就瞪得张盛膝盖一软,"扑通"跌倒在地上,那冷汗就像自来水似地说来就来了。

杏花声音不高,轻言细语地问:"张盛你说明白了,我是什么东西?"张盛脸都白了,结结巴巴地说:"你不是东西,不,不不,你,你是东西,你……"杏花冷笑一声,骂道:"你看你是找死呢!我叫你死也不能痛快了,死都合不上眼……"骂完,一扭一扭地走了。

众人又跳又笑,跺脚鼓掌,张盛蔫蔫的,也顾不得脸面,一个蹦高蹿起来，"噜噜噜"追到杏花面前，趴在地上，边打自己嘴巴边说："我不是人，杏花，你别生气，来，我背你回家！"

于是张盛怕老婆出了名。

时间长了，人们对张盛的事渐渐淡了。张盛也一天天老了。终于有一天，他病倒了，被儿女们送到医院，一检查，乖乖，晚期肺癌！没过半个月，张盛不行了。可是奇怪的是，三天三夜了，张盛的心脏早已不跳了，一双浑浊眼珠也不动了，血压也没有了，但就是有那么一口气在嗓子眼里打转悠，两只死鱼眼圆圆地睁着，就是不闭。主治医生琢磨来琢磨去，不敢在死亡证上签字。医院请来市里医疗界的权威人士会诊，个个看了都摇头，说这症状从未见过。

张盛的儿子说："村里有人说，干我爸这行的，临终难咽气。必须将一把杀猪刀放在一盆清水中，再祈求被他宰杀过的生灵宽恕，用刀砍盆沿才能咽气。"可这是迷信做法。迷信也好，不迷信也好，反正张盛能彻底死亡就行。医院也就睁只眼闭只眼，由着张盛的儿子去做。张盛的儿子虔诚地备好盆呀水呀刀呀，对着茫茫苍天叽咕了半天，那把刀起起落落，把个新脸盆快砍成花了，再看张盛，依旧老样子。

张盛的女儿哭着回了村，告诉了病卧在床的娘。杏花听了，似有所悟，挣扎着赶到了医院，对着木偶般的张盛骂道："老不死的，你不咽气闭眼，还等什么哪?!"

杏花的话刚说完，只见张盛上下眼皮"叭达"合上了，同时，"丝——"地一声，吐出了人生最后一口气。

（范大宇）

吓成一摊泥

王歪嘴、吴三毛和周八胡是镇上有名的怕老婆。这天,三个人偏巧又碰在一块了。他们像癫子怕说癫样,各人心照不宣,但又不服输。

吴三毛嘴皮子快,他先开腔道:"歪嘴,你真没出息,连婆娘都管不住,还要挨她的打,你又不是她的儿子,是她的老公呀,啧啧啧!"

周八胡也凑热闹说:"对呀,堂堂男儿八尺躯,给搽胭脂的管住,真是没用。"

王歪嘴哪里受得了这种气,便辩驳道:"别在这儿装蒜,你,你,你们不怕老婆才怪哩!我、我、我是让她,好男不和女斗嘛!"

"嘿!好男不和女斗。你斗得赢吗?你的嘴不是老婆一巴掌打歪了的呀,这还能骗得过人? 哼,没见过又当婊子又想立牌坊,哈哈哈哈哈。"

王歪嘴想赖又赖不了,因为那天明明是老婆送他去的医院,医生问怎样歪的时,她亲口说是她打的。没办法,他只得红着脸,硬着头皮说:"吴三毛,你不信,我们来赌一桌酒席的钱,谁怕老婆谁给钱,你敢、敢、敢不敢来?"

吴三毛一听,咦! 要来真格的,心里倒有些怕了。因为他从来不敢在老婆面前逞能。但此时王歪嘴已经说出来了,不能示弱,便硬着舌头说:"来,不来是这个。"他用手比了个王八乌龟的样儿。接着,他对周八胡说,"你也来,我们一人赢他一桌酒席。"

周八胡心里不安起来:唉! 不该搭嘴哟,这下惹火烧身了。他没说出口,心里却像十五个吊桶打水,七上八下的。

三个人各怀鬼胎,但谁也不肯嘴软,于是定下明天上午在"香禾斋"酒店摆酒席,谁输了,谁付钱。

王歪嘴一面往家走,一面打主意:得想个法子,不能输了这桌酒席。突然,他想出了个办法,急步回家去找老婆。一进门,看见老婆正在织毛衣,他一把给抓过来:"不要织了,去买。"

她老婆愣了他一眼:"买,你有钱吗?"

"有。"他斩钉截铁地说,"只要你依我一件事,就能有钱。"

他老婆一听,乐了,便问:"你说说,是件啥事?"

"明天上午,你来香禾斋酒店,看见我在酒店喝酒,你不能骂我,得听我的话,叫你走你就走,就赢了。"

她老婆想了想,说:"答应你。"

这周八胡想的也是这主意,他回家向老婆说了赌一桌酒席钱的事,他老婆也应允了。

唯独吴三毛不敢,但他想,这是两桌酒席钱的事,又咋办呢,脑子一转:有了,她喜欢看电影,明天给她买张票。

第二天一早,吴三毛把电影票买好,递给老婆说:"今天换片,我特地给你买一张。"

老婆接过电影票,心想:今天咋啦,他给我买张电影票。她接过票问:"你不去?""我在家守门。"

到了中午,香禾斋酒店里,高朋满座。吴三毛、王歪嘴、周八胡端坐在席上,吴三毛特别选了上首。

酒过三巡。吴三毛说:"两位,老婆不敢进门来,还是要算数呵。"

"当然,当然。"

吴三毛心想:这下我可稳操胜券了。

这时,王歪嘴的老婆走进了酒店,开口道:"嗨,我到处找你吃饭,你倒先吃上了。"

王歪嘴故意板起面孔:"回家去,我在这里陪客,你看不见吗?回去。"这一吼,老婆乖乖地走了。

接着进门的是周八胡的老婆,她平和地说:"当家的,家里来了客,叫你回去。"

"我回去?客来了你不会招待吗?岂有此理。你先回去,我一会回来。"周八胡说这些话时,还做出一副咬牙切齿的样子。他老婆听了,转身走了。

周八胡、王歪嘴对吴三毛说:"怎样,看到了吧,这一桌酒席钱你输定了吧!"

吴三毛说:"你们别高兴得太早了,等等嘛,我老婆准定不敢进门来。"

三人又喝了一杯。

再说吴三毛老婆拿着张电影票,心里早起了疑心,她故意表示很乐意去看电影,但走出门却躲在一边。眼看着吴三毛大踏步朝香禾斋酒店走去,她简直气疯了:好呀,你不让老娘去酒店,还假惺惺给我张电影票。看老娘今天不给你个猫洗脸!她回到屋里,拿了一把鸡毛掸帚,藏在背后,板起脸,直朝香禾斋酒店而来。

吴三毛嘴在喝酒,眼睛却没敢少看外面,突然,看见老婆两手反背着怒气冲冲走来,知道灾难来了,他突然大叫一声:"哎呀!"

王歪嘴和周八胡听见他惊叫,也都紧张地往外一望,只见吴三毛的老婆横眉竖目地进门了。

两人再看看桌上,不见了吴三毛,顿时诧了。

吴三毛的老婆走到桌边,指着王歪嘴问:"三毛刚才还在桌上,跑哪去了?交出人来!"

王歪嘴和周八胡也奇怪地喃喃道:"是呀,刚才还在喝酒,哪去了呢?"

送菜的堂倌走过来说:"你们两个的酒量真大,还没动窝呢!可这位客人已喝醉瘫到桌肚里了。哎,快把他扶起来。"

吴三毛的老婆弯下身子一看,见丈夫已经吓昏在桌肚里了。

(陈学名 搜集整理)

百灵鸟洗澡

　　老爷非常喜欢百灵鸟，专门雇一个仆人来喂养。这天天很热，老爷嘱咐仆人说："你给百灵鸟好好洗个澡，然后小心看着，要是落掉一根毛，我就折断你的腿！"

　　老爷刚走，太太就来支使仆人去做其他事。仆人说："太太，我可不敢擅自离开，要是这百灵鸟落了一根毛，老爷回来了要折断我的腿呢！"太太听仆人这么说，顿时气呼呼地走过去，将百灵鸟一把从笼子里抓出来，"嚓嚓嚓"将它身上的毛拔了个一根不剩，然后扔回笼里。

　　不多会儿，老爷回来了，见自己心爱的百灵鸟成了一只无毛之鸟，气得大声责问道："这毛是哪个拔的？"仆人不敢回答。他太太眼一瞪，说："是我拔的，你准备怎么样？"老爷听了，连忙笑嘻嘻地说："拔得好，比洗澡凉快多了！"　　（人　可　编写）

生姜手抓钱

　　有一个呆女婿上街去闲逛，看到一个相面的在给人看手相。看相的攥着一个人的手，边看相边说："男人手如绵，身边有闲钱；妇人手如姜，财谷满仓箱。"

　　呆女婿在一旁听了，高兴得大笑起来："哈哈，我妻子的手就跟生姜一模一样，这下，我们家可要发财了！"

　　看相的人问："你怎么知道你妻子的手和生姜一模一样的呀？"

　　呆女婿一本正经地说："不骗你，我昨天被她打了个嘴巴，直到今天还热辣辣的呢！"

（人　可　编写）

葡萄架倒了

从前有个小官吏,对老婆俯首帖耳,但还是三天两头被老婆揪打。一天,他被老婆打得满脸青一块、紫一块,只好上了药,包上布,去公堂应卯。

太守见状,问他缘故,他说:"昨晚乘凉,葡萄架倒了,刮破了脸皮。"

太守知道他怕老婆,厉声说:"胡说,是你老婆打的吧? 来人! 快把他老婆拿来,这种欺侮丈夫的女人,要好好惩治!"

谁知这时太守的老婆在后堂听到,立刻走到堂前,一声咳嗽。太守马上脸庞变色:"不好了,统统下去,我家院内的葡萄架也要倒了!"

(赵克忠　搜集整理)

往哪儿告状

有个县官新上任,第二天一早就有人来大堂敲鼓,喊冤告状,县太爷赶忙穿上官服升堂。

只见一个三十多岁的人,来到大堂双膝跪下,说:"老爷,我冤枉!"

县太爷说:"一大清早的,你有什么冤枉?"

来人说:"我怕老婆。"

"你怎么个怕法?"

"别提啦,老婆叫我在天井里站一夜,天明还得干活。"

这个还没问完,下边又来个喊冤的。这人约二十七八,来到大堂,双膝跪下,说:"县老爷,小人冤枉。"

"你有什么冤枉?"

"小人惧内。"

"你怎么个惧法?"

"我干一天活,还得做饭。她先吃,她吃了找人去打牌,刷锅洗碗都是我的。这还不算,一天最少要打我一回。"

县太爷说:"原来如此。"

话刚说完,来了个十七八岁的,跪倒喊冤。

"你有什么冤枉?"

"我看到俺媳妇光打哆嗦。"

"你怎么怕成这样?"

"娶来的头一天晚上,她先揍我三记耳光,罚站三顿饭工夫。"

县太爷一听,把桌子一拍,说:"你们这三个东西,怕老婆怕成这样,要是你县太爷我……"

还没说完,县太爷看见夫人来啦,吓得缩到桌子底下去,纱帽也滑掉啦。

夫人见县太爷吓成这个熊样,就拐弯走啦。

县太爷偷偷掀了掀桌帏子,望了望,夫人走啦,便从桌子底下爬出来,说:"你们这三个东西,给我滚吧,你县太爷比你们三人怕得还厉害呢,向谁告状!"

（潘兆仲　记录整理）

苦 心 劝 诫

规劝大多数人,见效的办法是描述他们的过失。恶习变成笑柄,对恶习就是致命的打击。

君子协议

　　市东风化纤厂的维修组长文大海，今年二十七岁，是个身高体壮、浓眉大眼、敢说敢干、办事利索、技术熟练的汉子，可是组里有个人称"包打听"的小伙子，最近打听到关于文大海的一则重要消息：大海的妻子王凤英是个非常厉害的女人，别看大海在厂里挺胸昂首，说一不二，回到家里见了妻子，却像老鼠见猫似地不敢吱声，妻子叫他往东他不敢往西，叫他打狗他不敢撵鸡，就是出门办事也得经妻子批准。

　　可是组里人听了小包的话，一个个把脑袋摇得像拨浪鼓。因为他们知道文大海的夫人是个见人带笑、性格温柔的贤妻良母，咋会变成一只令人惧怕的"母老虎"？可小包一口咬定，情况可靠，绝无谎报。为弄清真相，小伙子们一致推举机灵鬼小苗前去文家实地访查。

这天晚饭后,小苗提上一包书,骑上车子直奔文家。文家住的是个大杂院,院里住了八户人家,文大海住在北排最里边的两间瓦房里。小苗来到门口一敲门,房里马上传出了甜甜的声音:"谁呀,请进。"门刚拉开,风英便从里间迎了出来,"哟,我当是谁呢?原来是小苗兄弟。快,屋里坐。"边说,边给小苗倒茶递烟。

小苗客气几句,开口道:"嫂子,我来找文哥有点事,他在家吗?""咋,你不知道?今晚你们厂不是要开组长会?"风英边说边疑惑地两眼紧盯着小苗。"噢,对了。"小苗一拍脑门,终于想起来了,"你看我这记性!你要不说,我还真把这茬给忘了。文哥不在,就给你说吧!""啥事?说吧!""其实事情小得针尖大,明天我休息,小包又急着要书,麻烦文哥明早上班时把这包书给小包捎去。"他边说,边把书包放到了桌子上。"中,这点小事,保险没问题……"小苗再没说啥,就辞别风英,离开文家。

第二天上班后,文大海没好气地将那包书扔给小包,说:"给,这是小苗带给你的。这个小苗,真不像话,早不带,晚不带,偏偏自己歇班时让人带……"话没说完,正好厂长派人来喊他,他只好打住话头,跟来人到厂办公室去了。

待文大海离开后,小包迅速打开书包,从包内取出一个小型录音机,摁动开关,机子里立即传出了文家夫妻对话的声音:"回来了?""回来了。""咋回来这么晚?""哎,这个工会主席,啰唆起来没完没了,真烦死人。风英,今天我有点累,这家务活往后推一下吧!""不行。今天的事今天办,明天还有新安排。赶快吃饭,吃了饭,先洗衣服,后洗尿布,然后再把地板打扫一遍。"录音机顿了一下,接着传出一个无可奈何的"中"字。再往后,便是吃饭、洗衣、擦地板的声音。奇怪的是,直到录音带放完,文大海竟没敢说半个不字。

听完录音,大伙方才相信小包的话,不由议论纷纷,为组长鸣起不平来。大家一致表示,一定要为组长争这口气,不能让长头发欺负咱文大哥。可这工作咋作呢?

小伙子们议论开了。有的说,找两个弟兄扮作蒙面人,狠狠揍这坏女人一顿。有的说,打人要犯法,不如写封信吓唬她一下,叫她改邪归正,听咱组长的。还有的说,现在是文明年代,咱应该先礼后兵,买上礼物直接去找风英,叫她当面说个清楚。最后,还是小包办法高。他说:"咱一不能胡来蛮干,二不能与风英直接见面,咱应该通过组织去做她的工作。她们棉纺厂的妇联主任我认识,咱们找她去。"

说干就干,下班铃一响,小包带上三名弟兄,直奔棉纺厂妇联主任家。棉纺厂的妇联主任姓高,今年四十七岁,当了多年的妇联干部,做思想工作很有一套。她听小包他们把情况讲了一遍,又放了录音,也对风英起了疑心,表示一定尽快摸清情况,做好风英的工作,让她以后不再欺负自己的丈夫。

这天是风英休班的时间,高主任一上班便来到文家,边和风英拉家常,边问她和丈夫近来的关系如何?风英听后,眉头微微一皱,笑笑说:"高大姐,俺和大海互敬互爱,关系很好,从未闹过什么别扭。"

高主任知道风英是在有意隐瞒,只好直截了当地说:"风英啊,你别不好意思,听说最近你和大海闹了点矛盾,回家后经常罚他干这干那。告诉大姐,这可是真的?"

风英见高主任已知底细,知道隐瞒不住,只好笑笑说:"大姐,您的消息真灵,俺家的这点小事也没躲过您的眼睛。是有这么回事,不过,那不是体罚,是他自己要俺这样干的。"

"什么,他要求你这样干的? 不可能。"高主任边说,边一个劲地摇晃脑袋。

风英见高主任不相信自己的话,就走过去,打开抽屉,在一个红本子里取出一张信纸,递给高主任说:"大姐,俺说的都是实话,您若不信,请看看这个。"

高主任半信半疑地接过信纸,展开一看,不由暗暗点头。只见信纸上写着:

> 本人为戒赌瘾,自愿接受惩罚,决定从今日起,承包全部家务,一切听从妻子的安排,接受妻子的监督,男子汉大丈夫说话算数,决不反悔……

高主任还未看完,只听风英又说:"大姐,不怕您见笑,前个时期,大海赌博上瘾,俺劝说无效,一气之下就谎称要与他离婚。他不肯离,才与俺订了这个协议。"说到此,她顿了一下,把嘴朝门外一努,又说:"俺对门那家是个赌窝,天天一干就是通宵,俺不把他管紧点,万一旧病复发,可就难治了。"

高主任听风英说完,不由从内心钦佩风英的智慧。她笑眯眯地用食指一点风英的额头,说:"看你怪文静的,没想到肚子里还有这么多花花点子。对丈夫严格要求,帮他改掉坏毛病,是我们作妻子的义务。不过,大海知错就改也就行了,你可不能借此机会故意欺负人家哟……"

一席话,把风英的脸给说红了,她正在向大姐检查自己的做法有些过分时,在门外听了多时的大海一步跨了进来,他一边给高主任鞠躬,一边激动地说:"高大姐,谢谢您,谢谢您对俺的关心。"高主任高兴地一手拉上大海,一手拉上风英,语重心长地对他说:"大海呀,风英对你的要求是过于严厉了一些,不过,她可是恨铁不成钢,是为了你好哟!你应该谅解妻子,理解她的一片苦心,不要辜负她对你的希望。至于感谢,不要谢我,要谢就谢你们维修组的那帮小兄弟吧,是他们为你鸣不平,叫我来做风英工作的……"

(刘　德)

改名悔过

柳溪村的胡田结婚了，新娘子是个外村姑娘，叫张莲。这张莲发黑如漆、肤白如玉，长得秀眉秀眼，秀气夺人。看新娘子长得这样俊俏，村里人暗暗地为她捏着一把汗，为啥？这要从胡田这个人说起。

胡田从小父母双亡，缺少管　，想干啥就干啥，活像是一匹脱了缰的野马。他爱"方城战"胜过自己的生命，发誓只要生命不息，方城战就决不停止，乡亲们好意劝他，他轻则破口大骂，骂人家吃饱了饭没事干管他的闲事，决不会有好下场，重则脸一拉，拳脚交加，声称打死人由他偿命，打伤人由他赔钱。大伙想：胡田恶习不改，如果张莲规劝他别赌博，他还不更加拳打脚踢？唉，这姑娘往后的日子咋过呢！

张莲过门刚满三天,胡田就手痒难熬上了赌台。谁知赌运不佳,只两个小时,不但把袋里的钱输得精光,还欠下了五百元赌债。

胡田红了眼睛,想再赌,口袋空空如也;要还债,袋里分文没有。怎么办呢? 他皱起眉头动开了脑筋。突然,一拍大腿,办法有了。他想到张莲临出嫁时,她父母给了她五百元压箱钱。对!用它来还赌债正好。但是,怎么向张莲开口要呢? 他想,如果实话实说,张莲她能受得了吗? 弄不好会大吵大闹。当然,胡田自信自己有本事降伏一个女人,不过新婚刚三天,吵闹总不是件好事。他眨眨眼睛,决定先用"软功"。

于是,他苦着个脸对张莲说,他是个苦命孤儿,为了结婚欠下了五百元债,如今人家来讨债了,自己急得想上吊,实在无法可想,只得与她商量,求她帮帮忙。

张莲听了他的话,一声不吭,只是盯住胡田的脸望,那眼神里有哀怨,有苦恼,眼眶里还有点点泪光。胡田心中有鬼,说:"张莲,你怎么啦? 你是主妇,你说这事情该怎么办吧。"

张莲又沉吟了半晌,才不紧不慢地说:"胡田,我知道你拿钱去干什么……"胡田一听,脑子里"轰"的一声,呀,她知道啦! 完了,这钱骗不到手了! 他刚要开口与张莲争辩,不想张莲又说:"你既然已经欠了人家的钱,欠债总归是要还的。"说完,站起身打开箱子,把五百元钱给了胡田。

胡田虽然听出张莲的话中有话,但此刻也顾不得许多了,一把接过钱,转身飞也似地往外奔去。

胡田拿了这五百元钱并没有去还债。他飞奔着找到了那几个赌友,又吆五喝六地赌开了。这次开头很顺,连和三副,还来了副"杠头开花",但接下来情势就一落千丈,除五百元全部进了人家袋里,连新房里的彩电也输给人家了。

到夜深人静时,胡田失魂落魄地回到家里,见张莲已经睡了。他望着熟睡的张莲,实在没勇气对她说出事情的真相。但不说怎么办? 如今彩电已归人家了,债主正在门外等着呢。好一个胡田,他又眨眨眼睛,怪人想出了一个怪办法。

只见他熄了灯,悄悄抱起彩电出了大门,交给了债主,然后急急返回家中,轻轻打开窗户,在窗下放了一张方凳,又在方凳上印上几个脚印。做完这些后,他虚张声势地推醒张莲,大惊小怪地说小偷来过了,偷走了彩电。还拉大嗓门责骂张莲睡得像猪,小偷进屋也不知道,吹胡子瞪眼地耍了一番丈夫的威风。

等胡田闹了一阵之后,张莲还是老方一帖,两眼哀怨地盯着胡田,好半天,才轻轻地说:"胡田,你以为我刚才睡着了吗?"一句话说得胡田愣住了,他的大嘴巴只张了几张,想说什么,一时竟不知道说什么才好。张莲又说:"胡田,你什么也不要说了,还是躺在床上好好地想一想吧。"胡田无话可说,只得脱衣上床,想开了心事。

胡田历经两次风波,均平平静静地化险为夷。但他仍没下决心洗手不赌,他不甘心,他要扳本盼着好运气降临。因此,第二天晚上,他又赌了个昏天黑地,输了个七荤八素,到天快亮时,创造了赌史以来的最高纪录:他家的房子也成了别人家的了。

天亮时,他又垂头丧气回到家。这一次,他再也没有心思想歪点子哄骗张莲了,他认定这回妻离家破已经不可避免。他脸色死灰,结结巴巴地把事情对张莲说了,然后,双手抱住脑袋往墙角落里一蹲,头也不抬地说:"张莲,我对不起你,是我害了你,你走吧!"

胡田以为张莲一定会冲他一阵狂风暴雨般哭骂,然后和他一刀两断,可是在他身边响起的张莲的声音却是:"胡田,如果输掉房子能使你得到一点 训,那么,没了房子也值得。我愿意和你一起去住草棚,我们两人有四只手,只要肯做,什么都会有的。"

胡田惊呆了,他呆了半晌,猛地"扑通"一声跪在张莲面前,声泪俱下地说:"张莲,我胡田如果以后再赌,就不是爹娘养的,从今天起,我听你的,一切都听你的!"

从那以后,胡田像换了个人,他什么都听张莲的,成了村里有名的怕老婆的男子。慢慢的,人们把他的劣迹忘记了,见了面总是善意地嘲笑他是怕老婆冠军。胡田听了一点也不生气,说:"我胡田怕老婆是永久性的,我已经改了名字,叫胡怕。"人们听了这话,顿时大笑起来。

(倪国萍)

夫人怪病

　　丁局长的妻子柳倩虽然四十好几的人了,但依然是白白嫩嫩,非常漂亮迷人。照理,丁局长有了这样的妻子应感到自豪,可谁知这段时间,丁局长回到家,看到柳倩迎上来,就吓得直往后退。

　　丁局长为啥害怕妻子亲热?原来,自从丁局长从一个处长提升为局长后,他妻子忽然变得多情起来,每天下班回来,妻子就要他捧起她的脸亲一口。开始丁局长当然很愿意,可渐渐地他发现自己同妻子亲吻后,妻子就神经质地咬牙颤抖,嘴里喊"头痛",还要用拳头朝他身上乱打。丁局长弄不明白为什么会如此,吓得他不敢同她亲热。但妻子偏偏又不这样不让他进屋子,弄得丁局长叫苦不迭,看到妻子影子心里就发寒。

　　有一天,丁局长半夜才回家,妻子又笑吟吟地迎上来,丁局长知道那一套又来了，连忙双手直摇，坚决不肯亲热。妻子却一把抱住他，非亲热不可，丁局长只得捧住她的脸。可嘴刚刚接触妻子的双唇，妻子突然大叫一声，往后跌去，嘴里吐出带血丝的泡沫。丁局长大惊，一把把妻子抱起来："阿倩，怎么啦？"

柳倩微微睁开眼睛，喘着气说："老……老丁，不……不要紧，让我到床上去睡……"

丁局长把柳倩抱到床上，问她要不要打电话叫救护车，妻子摇摇头，说："不用了，不用了，明天，你送我到市三医院老同学那里去，她会看我的病的。"

第二天，丁局长把妻子送到市三医院门诊部。

妻子的老同学吕大夫替妻子做了各种检查后，对丁局长说："老丁，我们到外面谈谈。"

丁局长跟着吕大夫来到外面另一间屋子。吕大夫拉下口罩，露出一张秀气的脸，说："老丁，阿倩的病同你有关系。""同我有关，同我有什么关系呀？"

吕大夫说："老丁，我问你话，你必须如实回答。""只要治好阿倩的病，我一定老实回答。"

吕大夫说："你嘴上有酒气，每天喝得很厉害是吗？""要应酬呀，哪有不喝的理！"

吕大夫又说："你嘴上还有香气。""什么香气？"丁局长摸不着头脑了。吕大夫两眼盯着他："女人的脂粉味。"

丁局长心里"咯噔"一下。原来局里有个女秘书，是个俏丽无比的女子，每天除了电脑打字外，常在他的办公室端茶送水，莺歌燕舞，一来二去，两人便发展到搂搂抱抱，亲亲吻吻。丁局长暗想：莫非我亲了她的脸蛋，嘴巴上带了脂粉味？但这是万万不能交代的。于是忙矢口否认："吕大夫，你说到哪里去了，我堂堂一个局长，能干那事儿？"

吕大夫冷冷一笑："有没有你心里明白。最后我再问你，你手上有烟味？"

丁局长头摇得像拨浪鼓："吕大夫，你真会开玩笑，我是从来不抽一根烟的，这你和阿倩都知道。"

吕大夫很严肃地说："你闻闻你自己的手指。"

丁局长迟疑地举起手指闻闻，果然有股烟味，他心里很奇怪：自己不抽烟，这烟味哪里来的？

"你说说，这烟味哪儿来的？"

丁局长摸摸脑袋："我也不知道这烟味哪儿来的。"

吕大夫说："想想，你的手指有没有接触到沾有烟味的东西？因为烟味有个特点，一沾染上，即使用水冲洗也跑不掉。你虽然不吸烟，但一接触有烟味的东西，就间接沾染了。"

丁局长用手指点着自己脑壳，在屋子里踱了两圈，突然明白了。原来他每天下了班，就和几个老同事打麻将，自己手上的烟味肯定是从麻将牌上摸来的。他尴尬地朝吕大夫笑笑："我玩几圈麻将，看来是牌上弄来的。"

吕大夫叹口气说："问你三件事，两件都如实告诉我了，还有一件，你也甭瞒我，不过，我不想叫你大局长难堪。我现在正式通知你，你的夫人患有严重的异味综合征，特别是酒味、脂粉味、烟味，你常常把这三味带进家里，阿倩的毛病自然越来越厉害。为了阿倩的健康，为了你们夫妻间的幸福，你应该戒绝这三味。"

丁局长在后来的几天里，不敢喝酒，不敢同女秘书亲热，不敢同老同事玩麻将。那几天丁局长回到家里，妻子虽然仍要同他亲一亲，但居然安然无恙。

可是丁局长怎么熬得住呢。过了段时间，又陪上司灌得舌僵眼花，回到办公室又在女秘书脸上乱啃，晚上同老同事又干到午夜。这回，妻子的病发得可厉害啦！昏过去好半天没醒过来，吓得丁局长慌忙把她送到医院，用电话叫来了吕大夫。

吕大夫给柳倩打了针，吃了药，铁青着脸对丁局长说："老丁，你太不像话了。我是怎样批评你的？你是怎么说的？阿倩如果再有三长两短，我可不管了。"

丁局长这才静下心，想想自己同阿倩结婚二十年，一直恩恩爱爱，阿倩哪一点对不起自己？可自从当了局长后，自己吃喝玩乐样样干了起来，下面群众也有反映。罢罢，为了自己的事业，为了阿倩的健康，把三昧坚决戒掉。从此他尽量少陪宴，即使陪也以茶代酒，不沾点滴；狠狠心把女秘书调走，换来个男秘书，彻底断了脂粉味；一下班，即回家，同麻将断了缘。

同事、女秘书、老同事责问他何故？他回答："夫人有令，不敢沾矣。"

丁局长就此便得了个怕老婆的名。

丁局长排除了邪念，一心扑在工作上，局里面貌大有起色。两年后，市里增补一名副市长，挑来挑去，挑到了他。理由有三：不喝、不赌、不沾女人。很快，他走马上任了。

丁副市长上任后，做的第一件事，是给夫人柳倩捧回一束鲜花，他说："多亏夫人的异味综合征，才使我头脑清醒，努力工作，又被领导和全市人民委以重任，这束鲜花应该送给你。"变成了副市长夫人的阿倩点了他一下额头，呵呵笑了，说："你该谢谢我的老同学吕大夫，是她给我出的主意，我哪来异味综合征呀，不这么干，我即使天天同你吵，你那毛病也改不了。"

丁副市长终于明白过来，啊了一声，抱住妻子，激动地说："谢谢你的老同学，谢谢我的宝贝夫人！"

（徐凤清）

阴雨转晴

　　万云宵今年四十八岁,是釜河化工厂的高级工程师。他有两个方面远近闻名:一他是全省有名的拔尖人材;二他是一个严重的"妻管严"。

　　万高工的妻子叫毛小雅,三十九岁,长得白净秀气,身体苗条,乍一看只有三十岁。万高工怕老婆,是因为他怕失去小雅这个年轻漂亮的妻子? 不!

　　万高工的老家在农村,家中有老父老母、兄弟姐妹,还有众多的远亲近邻。这些"脸朝黄土背朝天"的"农二哥"、"农二姐"们,一到城里,都要到万高工家来吃住,这可就惹恼了生性爱美、嫌脏怕乱、心胸不宽、财心较紧的小雅。于是,农村客人一来,她就拉长了脸,客人一走,万高工就得认真作自我批评,说好话、赔笑脸,百依百顺,求得妻子不要在家里和众人面前吵吵闹闹,扫自己的面子,同时,也能使自己夫人有一个较完美的形象。

日子一长,万高工就升为"妻管严协会"的主席了。

不久,小雅四十岁的生日快到了,她早就对丈夫下了逐客令:不许万家农村的亲友来家作客,否则,她就要来一个赶一个,来一对　一双。

万高工说:"人家每回来,不是提鸡就是送蛋,其他农副产品也没少拿来,并没有白吃白住呀!"

小雅杏眼一瞪:"他们胃口好,消化快,一吃就是几碗,一喝就是几瓶,连吃带喝,早就捞回去了! 我是进得少、出得多,这个家呀,迟早要被你那些乡下人吃垮的!"

万高工说:"现在农村改革开放的步子迈大了,经济收入普遍增加,说不定这回你过生日,人家会送厚礼嘞!"

小雅嘴一扁:"哼,我就要从门缝里把他们看扁! 一家人跑起来,最多也不过送上一二十元,还不够我买油盐酱醋啊!""若是人家送上一二百元呢?""别胸口挂钥匙,让我开心啦! 要是他们哪个能给我送上一百块钱来,那我就把他当上宾对待!""你呀,看来是只认钱不认人啊!"

小雅的生日转眼就到了。这天早晨刚过八点钟,万高工在农村的大哥和小妹就风尘仆仆地进了门,小雅一见就立时拉下了脸。大哥刚放下手里提的鸡,就掏出四张"伟人头"递到小雅手里,说:"这是我和大嫂的一点心意,祝你生日愉快!"

小雅大吃一惊,以为是梦中的幻觉,她用手指弹了弹捏在手中的四张一百元崭新的大钞票,发出"刷刷"的响声,并散发出新钞票特有的气味,这才相信眼前所发生的令人兴奋的事情是活生生的事实。

紧接着小妹放下手中的鱼,又掏出四张"伟人头"交给小雅,说:"嫂子,这是我的一点薄礼,祝你生日快乐!"

小雅把这第二个四百元接到手里以后,不知怎的,那怒气一下子就无影无踪了,那张脸呀,一下子变成了一朵盛开的玫瑰花,她忙着递上好烟,泡起香茶,摆出高级糖果。

万高工看见妻子这一百八十度的大转弯,心里乐滋滋地独白:我万语千言,也比不上这几张四巨头的钱啊!

十点钟过,万高工老家的农村亲友接踵而至,宽敞的三室一厅里能坐的地方都坐满了人,小雅满面春风,喜气洋洋,犹如一只忙碌的织布梭子,在宾客中穿来穿去,一扫过去那雷电交加的阴云气候。小雅刚接过这家送的二百元礼钱,那家的代表又将二百元塞到她的手里。凡是这天到来的农村宾客所送的寿礼,没有一家少于二百元,简直把小雅的钱包都要胀破了,她哪能不高兴呢?

开过晚饭之后,大部分客人都告辞而去,小雅热情挽留了几位住宿,安顿了客人后,才和丈夫就寝休息。

万高工悄声问妻子:"今天收了多少礼钱?"小雅高兴得咧开嘴,用手比了个四,说:"大约有四千块啊!"

万高工说:"看来还是钱的功能大,无钱晴转阴,有钱阴转晴!"小雅嘴一撇:"去去去,你别阴一句、阳一句的啦!世上的人哪个不爱钱?"

万高工摇摇头:"就有不爱钱的!""谁?""他呀,远在天边,近在眼前!""你?""对,就是我!"万高工边说边从文件包里拿出一叠钞票交给妻子。小雅接过一数,整整一千元。她问:"这是哪来的钱?""这是我身在农村的老父老母祝贺你生日的礼钱!两位老人说,他俩不能亲自来向你祝贺,是托人把钱捎来的!"

这锦上添花之举,使小雅惊喜交加,她那红润的脸颊上酒窝一闪,一头栽进了万云宵的怀抱,柔情地说:"我保证从今天起,凡是老家农村来的亲戚朋友,我都像今天这样热情对待!"说罢,抬嘴就给丈夫一个香吻。

有人问,万高工老家的农村亲友真的都送了毛小雅那么多的生日礼钱吗? 没错,都送了。不过,这些钱不是他们自己的钱,而是万高工事先悄悄送去的钱。

万高工为厂里的科研工作和发展生产作出了较大贡献,得到一万元奖金。他忽然脑筋一转,想起妻子前不久说的一句话:"要是农村亲友哪个能给我送上一百块钱来,我就把他当上宾对待!"万高工想:我何不投其所好,换成另一种形式,把这五千元交给她呢? 于是万高工在小雅生日的前几天,暗地里回到农村老家,一一邀请客人。每邀请一家,就交给他们一笔钱,让他们把这钱作为生日礼钱亲手交给小雅。他的这一招果然灵验,虽然羊毛出自羊身上,但却取得了用其他方式难以取得的效果,从此彻底改变了小雅对万高工老家农村亲友的态度。万高工那妻管严协会的主席职务被免掉了。

(颜 左)

曲线尽孝

　　三十八岁的包孝慈讨了个老婆叫沈柔文,沈柔文芳龄三十有二,是位标致的老姑娘。谁知道,沈柔文名字温柔文静,可脾气却暴躁蛮缠,过门不久,她就向包孝慈摊牌了。

　　这一天,沈柔文板着个面孔问包孝慈:"你是要娘子还是娘亲?"包孝慈一时没作出反应。沈柔文就紧接着说:"要娘亲就不要娘子,要娘子就不能要娘亲。我不高兴服侍哑巴婆婆,留她我走,留我让她走!"

　　包孝慈好不容易才讨到老婆,忙说:"好说,好说!""那你听好!"沈柔文见丈夫口称"好说",便提了四个条件:第一,把老娘迁往老屋;第二,包孝慈除了上班外,余下的时间全部要陪伴她;第三,每月要买太阳神和西洋参孝敬她的娘;第四,包孝慈的工资要每月如数上缴给她,由她来安排。如果不能做到这四条,马上一刀两断。

听了沈柔文提出的条件,包孝慈顿时手脚发软。他是个孝子,又是个生性软弱的人,他心里想的是:要娘亲,又要娘子。但不敢说出口,只得支支吾吾半天才吐出:"要、要娘、娘子。"沈柔文一听,说声:"你既然要我,那你明天就开始实行!"

包孝慈的哑巴母亲,是个慈善的老人,当她从儿子的手势中了解了情况后,为了成全儿子,她表示宁愿吃苦。

就这样,包孝慈开始执行沈柔文的条件了。

转眼,三个月过去了,已经进入了寒冷的冬季。一天,包孝慈偷偷地去老屋探望老娘,一进门就见老娘面容憔悴,弓背勾腰,禁不住潸然泪下。包孝慈心里明白:从小失去父亲的他,是老娘熬苦操劳把他拉扯成人,如今的房子、娘子,也是老娘的心血汗水。想到老娘不能安度晚年,他心痛似绞,用手势向老娘表达:"自己不要娘子,要你娘亲。"可是,老娘又是摇头又是摆手,又用手势表示:自己老了,为时不多,只要你儿子幸福,自己甘心。真是可怜天下父母心啊!

娘亲爱子一片真情,令包孝慈感激涕零,他感到再也不能让老娘受寒挨冻了。

这天,包孝慈很晚才回家,一进家门就有气无力地往椅子上一靠。沈柔文见了忙问:"怎么啦?""我犯罪啦!""犯罪?犯什么罪?""你看吧,这是法院给我的副本。"包孝慈说话间,把一叠纸往沈柔文手上递去。沈柔文拿起一看,是一份电脑打字的诉状,只见上面写道:"状告包孝慈虐待母亲。"内容是:

一,包孝慈自去年十月结婚,即将老母赶出新居,搬往村东老屋。老屋墙穿屋漏,四壁通风,使老母受寒挨冻,备尝苦楚。而新居全系老母积蓄所建,又有空闲暖房两间,却使之空关,不让老母入住。

二,包孝慈婚后,只顾陪伴妻子,对妻子百依百顺,从无相逆,而对其年老体弱的老母,却弃于一边,不闻不问。

三,包孝慈待娘冷酷,敬岳母却热忱备至,月月送人参太阳神,而每月只给老母二十元生活费,致使老母生活苦不堪言。

四,包孝慈花上千元,为妻子购买皮革服装,而其老母破衣旧衫,难以御寒过冬。

生子者其母,育子者其母,况且其母又是聋哑残疾,更需关怀,而包如此对待,实令人气愤。为正风气,请法院严肃查处,究其不孝忤逆之罪,以息民愤。

沈柔文看了内容,身上阵阵发热,脸上冒出汗珠,心想,这些罪状都是自己逼他犯的,不免内心恐慌起来。忙问:"怎么办?""没话可说,诉状全都属实,我也没法改,只有去吃官司赎罪。""不!""那我早些去投案自首,争取宽大处理。""不!""那怎么办?""赶快把你娘接过来,好好照顾。""这状子?""你去法院说,状子上告的都是过去的事,请法院既往不咎。""哎唷,柔文,你这办法好,我可以不去坐牢了!"

从此,包孝慈尽到了孝道。可是他始终对柔文保密着他的妙法。原来那状子是他自己请人打印的自告自的诉状,达到了曲线尽孝的目的。

(赵克忠)

杀鸡劝妻

张家村怕老婆风盛行,村里男子十有八九怕老婆,而张二更是村上出名的怕老婆之最。

张二咋会称为全村之最呢?原来,张二的妻子张二嫂是个厉害女子,她不仅经常对张二指三道四,发"狮吼"病,发病严重时还哭着跑回娘家搬兵,帮她一同来 训丈夫,把个张二弄得苦不堪言。

这一天,她叫张二上集市去卖鸭子。卖完鸭子,同村的几个朋友要他请客,张二不敢,朋友们都讥笑他,说他是村里怕老婆冠军。张二一时拉不下面子,经朋友们一激,就逞起英雄,同大家上了馆子,花去三十元钱。

这下可不得了啦。张二回到家里,张二嫂盘问起来,张二不敢隐瞒,只得如实禀报。

张二嫂一听,一下跳起来,大骂张二是吃里扒外的"败家精",猪狗不如!张二辛苦了一天,刚才又喝了些酒,见老婆骂得这么难听,加上酒劲未消,也就昏头昏脑地与老婆顶起嘴来。

这下子可捅了马蜂窝了!张二嫂马上发扬传统作风,叫着要回家搬兵。

正在气头上的张二豁出去了,说道:"好吧,你去娘家搬兵吧,你去搬吧!今天我来一个杀一个!"

张二在太岁头上动土了,张二嫂哭着回到娘家,把张二的话向娘家人哭诉了一遍。娘家人听了又惊又气,决定倾巢而出,找张二算账。

第二天一早,张二嫂娘家人像出兵一样浩浩荡荡,雄赳赳、气昂昂地向张家村开来。

张二这次真不含糊,你看他真的手提锋快的钢刀,站在门口。张二嫂娘家人一见,倒吓得怔住了,谁也不敢近前一步。

张二却满脸堆笑,说:"诸位亲友,里面坐。"说着,伸手从鸡笼里捉出一只母鸡,"咔嚓"一声,手起刀落,把一个鸡头砍落在地,滚落到客人面前。

接着,来一个人,他杀一只鸡。站在娘家人背后的张二嫂急得跳过来骂道:"败家精,你要把我的鸡杀光斩绝啊!?"

张二还是手脚不停,边杀边向来人笑道:"男子汉说一不二,我早说了,来一个,杀一个!"

(赵克忠)

早怕早好

　　很早时候,罗田有个罗细八,从小拜舅父为师,学到了一些功夫,就以为自己的本事大得不得了了,还自吹他的本事不是天下第一,也是天下第七。因此,村里人送他四句话说:"屁股尖尖坐不住,性子野野管不住,嘴巴撇撇关不住,人儿哈哈靠不住。"

　　他爹娘说他,他也是左耳进右耳出。爹娘对他没法治,想来想去,只有帮他娶老婆,让老婆来管管他。

　　终于,爹娘在李家湾给他说了一门亲。姑娘叫李兰英,长得像朵花儿一样鲜艳,走路脚步轻盈,说话声音细小,那个和善的样子赛过活观音。罗细八看看高兴,望望称心,成天心里就像吃了蜜糖似的,瞄一下李兰英,舌头就在唇边舔一舔。

　　谁知结婚不久,罗细八老毛病又犯了。他在外边对人夸口道："我武艺高强,美女爱英雄,漂亮的媳妇才嫁给我的。"在家里则拿媳妇作"活靶子",操练起拳脚来。可李兰英竟像天生没火气的女子,从来是骂不还口,打不还手。哪晓得罗细八把媳妇的好心当作驴肝肺,得寸进尺,骂得更响亮了,打得更热闹了。

其实,李兰英是个极有主见的女子,她原想用"以柔克刚"的办法劝说丈夫,岂知罗细八却以为她软弱可欺。她觉得如此长期下去怎么生活得了,于是决定改变对策,来个"以刚克刚"。

这天,罗细八回到家里,又对李兰英横鼻子瞪眼睛,骂骂咧咧,动手动脚。李兰英板起脸,走上前问道:"罗细八,我这么好心对待你,你却把我当作练武的靶子,出气的筒,你以为你会两手拳脚,就不知马王爷三只眼了。今天,我就要与你交交手,你若胜了我,我服你;你若败了,你服我,怎么样?"

罗细八哪把媳妇看在眼里,他朝李兰英上上下下打量一番,"扑哧"一笑说,"这话可是你说的! 你高兴,我就陪你玩玩,不过打痛了你,可别到爹娘面前去哭鼻子!"

李兰英冷笑道:"请放心,你尽管把本事施出来,我是死是伤决无半句怨言。""好!"罗细八跷起大拇指叫了一声。

接着,夫妻两人就准备交手。先由李兰英立稳桩,罗细八过手。只见罗细八运足丹田之气,"嗨"大喊一声,一掌向李兰英推去。哪知这个身子像荷花一样细巧的女子,却稳如泰山,站着纹丝不动,而罗细八却被反弹着连连退了好几步。

罗细八顿时惊讶得两眼瞪圆,他怎么也没想到他这个弱不禁风的媳妇有如此过硬的功夫。

没等罗细八明白过来,李兰英就叫罗细八把桩立稳,等待她来过手。

罗细八知道妻子不是等闲之辈,哪敢轻敌,忙运足气,把桩站得稳稳的。李兰英高喊一声:"看掌!"话到掌到,一掌快似闪电推向罗细八,把罗细八推出了一丈多远,脚后跟正巧碰在一块石头上,跌倒后翻了一个跟头才站起来。李兰英又上前一步,像是提草人似地把两百来斤重的罗细八提起来又放下,然后说:"堂堂男子汉这么没用,还不如一个柔弱女子,竟有脸在屋里屋外吹牛、打人?记住,我给你明说了,从现在起,你必须改改脾气,听我的,要不然,我就会像掼草人一样掼你!"

罗细八哪敢再说一个"不"字,顷刻间变乖了,老老实实地回答:"我……我听你的!"

李兰英哪来这般武艺呢?原来她外祖父是武林高手,她在外祖父那儿长大,学到了不少硬功夫,只是从没声张。现在这一比试,就像一瓢清醒剂,把罗细八泼醒了:媳妇的武功比自己强,人又美,可从不显露,从不夸耀,就连自己那么不公平地对待她,她也是和和气气,一不还口,二不还手。她是多么好的贤妻呀!罗细八羞愧地耷拉下了脑袋。

从此,罗细八处处听媳妇的,一面帮助媳妇做家务活,一面虚心向媳妇请 武艺,学习武德。

功夫不负苦心人,几年以后,罗细八终以深厚的武功和高尚的武德闻名大别山,成为这一带有威信、受人尊敬的拳师,拜他学艺、与他结友的武林人物遍布大江南北,可在开玩笑时,人们都说他是"怕老婆的拳师"。他听了这话,不但不恼不气,反而笑眯眯地说:"我怕老婆怕迟了,要是早怕几年,我的武功远还不止这个样子啊!"

(吴玉娇 搜集整理)

君子动手

从前,有个举人,父母在世时,给他娶了个愣头愣脑的媳妇。可这媳妇虽然愣,却不傻,过门不久,她就察觉丈夫不求上进的毛病,连着几次进京科考,都名落孙山,愣媳妇好话说了三千六,他都当成耳旁风。眼看再有几个月又到大比之年了,愣媳妇想:如果再不设法逼丈夫学习上进,上京赴试又要落榜,那一世前途就误了!咋办呢?愣媳妇终于想出了愣办法。

这天傍晚,愣媳妇早就准备好家法。等举人一进家门,她二话不说,上去一个"扫堂腿"将他扫倒在地,没等他回过神来,就"噼里啪啦"一顿家法,打得举人乱滚乱嚷:"娘子,娘子!为夫进得家门,你不分青红皂白,就是一顿家法,难道你就不顾'三纲五常'、'三从四德'不成?"

愣媳妇手叉腰说:"我先问你,这几年你不及第的原因何在?""这……""什么这个那个,谅你也说不出个子丑寅卯来。"说着,又是一顿家法,边打边数落:"哼! 告诉你,自从爹妈仙逝以后,你背着奴家终日在外寻花问柳,消耗了银子俺倒不心痛,可这寻花问柳一要损耗你的元气,二要丧失志向,败坏了你家书香门第风气。我问你,仁义廉耻何在? 忠孝仁爱何存? 今天,你不下决心改掉毛病,我就打断你的腿,养活你一辈子也甘心情愿!"说着,又没头没脑一顿家法。

举人说:"娘子、娘子! 有话好说,君子动口不动手嘛。""哼! 什么君子小人! 你若是君子,早该改掉毛病,上京求取功名了。快说,今后咋办?""别打了,咱动口别动手嘛。""不行,不下保证,看我不打断你的腿,免得再去寻花问柳……"

这一顿家法终于治服了举人。从此,每天由愣媳妇拿了书看着让他背,不背熟不让吃饭睡觉。书背好,又逼他写文章,不准出门外半步,连大小便也得请假,稍不听话,就得挨家法,受体罚,弄得举人黑瞎子掉进井里——真算熊到底了。

愣媳妇打汉子的事传出去后,人们议论纷纷,她走到哪里,人们指指戳戳,背地朝她吐唾沫,甩鼻涕……就连举人嘴里不敢说,心里也恨透了她。但没法子,一个弱书生,动武力又打不过她,只得一忍再忍罢了。

光阴荏苒,眨眼到了考期,愣媳妇早已给丈夫打点好行李、盘缠,为了照顾丈夫一路生活,也怕丈夫拿着银两再去寻花问柳,她来个女扮男装,扮成书童,亲自为丈夫牵马坠镫。到了京城,三场考罢,举人得中进士,封为七品县令,惊喜不已。

县令上任之前特地设宴,款待夫人。宴上,县令请夫人上坐,然后纳头一拜说:"谢夫人的家法。我这顶乌纱乃夫人打出来的呀!"

(宋凤西　搜集整理)

逆来顺受

人们对巨大的折磨往往比每天琐碎的烦恼更容易忍受。

李家阿嫂

住在西厢房的李家阿嫂,是个出了名的"雌老 ",她的丈夫小李见了她,就像李莲英见了"老佛爷",所以人们都叫他"小李子"。由于雌老 的霸道,东厢房的房客气得搬走了,雌老 心里好不高兴,然而没高兴几天,东厢房又搬来了新房客。

新房客只有母子两人。雌老 想:得先给他们一个下马威,让他们知道我的厉害。于是,她朝里面吼了一声:"死鬼,滚出来!"

这"死鬼"就是她的丈夫小李子。小李子听到妻子一声吼,连忙三步并作两步来到她的面前,低声下气问:"夫人,有何吩咐?"

雌老 指指天井,小李子一抬头,见新房客搬沙发碍事,要搬动他家堆放在天井里的煤饼。他立刻明白了夫人的心意,于是大步跨出门,来到新房客面前,装出一副斯文的样子问:"朋友,这煤饼是你家带来的?"新房客叫阿三,他摇摇头。小李子又问:"不是你家的,怎好随便动呢?给我搬回去!"

阿三还没弄清怎么一回事,只见小李子捐起他的自行车朝大门外走去。阿三拦住他说:"喂,这车子是我的,你不许我碰你家煤饼,干吗要捐我的自行车?"

"为啥?这位置是我老婆放自行车的,你的车不能放在天井里,放到弄堂里去!"

阿三朝天井里看看,乖乖,整个天井就像他家的仓库,样样东西都有,公用的地方被他们尽占去了。阿三想与他大吵一场,但又觉得初来乍到,冤家宜解不宜结,于是忍气吞声地请几位朋友将沙发托在半空中搬进了房间。

这儿的客堂间是东、西两厢房公用的厨房间,雌老 见阿三家煤炉与他家碗橱之间留有五十公分空档,她决定把这五十公分空当抢过来!于是,她又大吼一声:"死鬼!"

小李子赶紧奔来:"是,夫人!"

"跟我来!"说着,雌老 拿了只袖珍录音机,朝东厢房走去。这时阿三已去上班了,他老娘是位患有心脏病的老人,她见雌老 身子像个柏油桶,一脸横肉,像凶神恶煞,往面前一站,还没开口,阿三娘早吓得心像擂鼓似地猛跳起来。

这时,小李子开口了:"喂,老太婆,你家煤炉怎么放在我家碗橱背后?天长日久,我家碗橱着了火谁负责?"

阿三娘听了心里很急:"那怎么办?"

雌老 阴阳怪气地说:"那就搬过去点。"

"好,好,我马上就搬。"

"你同意搬啦?"

"同意搬,同意搬。"

阿三娘话音刚落,雌老 朝小李子一努嘴,小李子心领神会,三步跨到碗橱边。"嗨"一用力,碗橱就移到了阿三家煤炉边上。阿三娘一见忙说:"靠得这么紧,不更危险啊?"

小李子皮笑肉不笑地说:"那你再往里面搬啊!"雌老　没说话,从袋里摸出录音机,打开,立刻传出阿三娘的声音"同意搬,同意搬"。

"老太婆,这是你亲口答应的,你同意搬了我们才搬碗橱的!"说着,他们夫妻俩扬长而去。

阿三娘气得脸色发白,躺在床上直喘气。到了黄昏时分,阿三下班回家,见雌老　欺侮他娘,找上门来,说:"这客堂是公用的,也有我们的一半,你们不讲道理,我建议画根三八线,从此各归各。"

"好、好!"雌老　嘴上连说两个"好"字,然后转过身吼一声:"死鬼,把油漆拿来。"

"是,夫人!"小李子赶紧提了漆桶,举起漆刷,顺着搬过来的碗橱底脚,在客堂的地上画了条醒目的白线。阿三见线不是画在当中,问:"你们这算什么线?"

雌老　说:"你刚才要画什么线?"

"三八线!""对啊,这客堂总共十一平方,线的西边归我,正好八平方,线的东边归你,正好三平方,这不是名副其实的三八线?"

小李子忙附和:"是啊,是啊! 三加八不是三八线吗!"

阿三见这对夫妇蛮横无理,气得调头就走,三八线就这样定了下来。雌老　还指示小李子写了三条规矩:(1)为共创文明居民楼,我们两家自愿画上三八线,互不侵犯。(2)任何人超越三八线,每人每次罚款二元。(3)本协议一经签字,立即生效。

这三条规矩阿三当然不肯签字,可雌老　等阿三去上班了,就半哄半吓,逼着阿三娘签了字。这条三八线成了合法的,而且很快就在弄堂里传开了。

这一天,是阿三厂休,到了下午两点左右,他突然听到对面西厢房传出"哐啷"一声响。他想:雌老　夫妻俩一早就出去了,怎么会有声响？他走出房门，只见从西厢房里走出一个陌生男子，这男子出来后随手将房门关上，还像老熟人似地朝阿三点点头。阿三问："你是谁?"

"小李子的表哥。"

阿三想：人家夫妻俩都不在家，他怎么进屋子的？再朝那男子扫了一眼，发现他的两只裤袋涨鼓鼓的，袋口边上还露出半截金项链，这更引起了阿三的怀疑。他正欲上前盘问，不料，那陌生人突然大喝一声："别过来，超越三八线要罚款的!"他边说，边快步朝放煤饼的天井走去。

阿三断定他不是好人，哪能容他逃走，他顾不上三八线，一步跨到堆煤饼的地方。那人见了随手将煤饼推倒，阿三被煤饼绊了一下跌倒在地。那人夺门而逃，阿三倒在地上，顺手抓起两只煤饼，狠命朝大门口砸去。

说来也巧，这时雌老 和小李子正好走进门来，煤饼砸在了雌老 的身上。这一下，可不得了了，她顿时大发 威，眼珠弹出："你算什么意思？趁我们不在家，超越三八线，弄坏我家煤饼，还用煤饼砸我! 你是泄私愤、图报复是哦?"

阿三一心想追逃犯，对他们说："刚才那家伙到你们家偷东西了。"小李子先是一惊，回头见房门关得好好的，便没好气地说："你存心触我家霉头是不是？放心，我家门关得好好的，贼伯伯进不去。你少废话，赔我家煤饼。"

雌老 此时倒有些不放心了，她想：假如真有贼伯伯光临，那损失就不是那几块煤饼啦。于是，弹起眼睛又训起她男人来了："死鬼，快进屋去看看!"

"是，夫人!"小李子奉老婆之命为最高指示，他掏出钥匙，将门打开，人未进屋，便大声叫了起来："夫人，贼伯伯来过啦!"

此时，阿三跨过天井，奔出弄堂，去追那小偷了。

再说小偷，他急急似漏网之鱼，拼命朝弄堂口奔去。不料当他冲出弄堂时,被一辆横向驶来的自行车撞了个四脚朝天,没待他爬起来,阿三已从后面追到,将他扭送到了派出所。

派出所民警马上组织人员进行审讯。此时,小李子和雌老也哭哭啼啼赶来报案,就在审讯室门口,他们碰到了阿三,还听到这么几句审讯的问答。

"你为啥要偷李家的东西?"民警问。

小偷答:"上次我去弄堂里收药品,听说他们两家画上了三八线,河水不犯井水。我想,他们两家互不往来,对我下手有好处,今天他家没人,我便下了手……"

雌老　听了小偷的交代,见阿三站在一旁,她脸上一阵阵发烧,猛地对着小李子骂道:"死鬼,都是你不好,画上这条要命的三八线……"

小李子先是一愣,马上堆着笑脸说:"是我混账,不该去画三八线,可是夫人,我一切行动听指挥,都是听你的呀!"

雌老　说:"倒霉就倒霉在你全听我的! 人家男人帮女人拿个主意,你样样都听我的。诸葛亮也有失街亭的时候,何况我一个女人,以后你该听的听,不该听的不要听! 回家把那条三八线铲掉!"

"是,夫人。"小李子习惯性地答了一声,猛地想起刚才的最新指示,问道,"这条三八线真的铲掉吗?"

"当然啦,死鬼!"

（黄宣林）

酒鬼戒酒

　　周阿三是有名的"酒葫芦"，因此别人都叫他酒阿三。

　　酒阿三在飞达贸易公司当供销员，他神通广大，这几年跑生意很红火，腰包越缠越鼓，喉咙越叫越响，走在别人面前，连屁股都跷得半天高了。可是，别看他在外面趾高气扬、神气活现，只要回到家，一见到妻子左凤珍，就像霜打的秋叶萎了。为啥？原来他天不怕、地不怕，就怕妻子不准他喝酒。为了能多喝酒，他对凤珍俯首帖耳、百依百顺，洗尿布，倒痰盂，样样干，妻子指东不朝西，是个十十足足的"妻管严"。

　　这一天，酒阿三从南京出差回来，已是晚上八点多了，他下了车急匆匆赶回家。进门一看，只见房门紧闭、漆黑一团，知道妻子不在家中，不由暗喜，立即从包里取出一瓶洋河大曲，抖开一包花生米,喝起酒来。

酒阿三自斟自酌,喝得有滋有味,一会工夫,一瓶酒就下去了半截。这时,他忽然听到房内传出一阵响声,而且像有人在咳嗽。他暗暗吃了一惊,想:难道妻子在里面? 她为啥不亮灯呢? 忙起身去敲房门,喊道:"凤珍,凤珍,你开门呀!"可是连叫几声,无人回答。他心中犯疑了,就摸出钥匙开门,哪知房门从里面锁上了,怎么也打不开。酒阿三感到很奇怪,他细一捉摸,心头忽地亮堂了。

原来,近半年来,关于妻子的风流闲话酒阿三听得很多,说她趁自己不在家,经常丢下儿子不管,去舞厅跳舞,还把一些不三不四的男人带到家里来过夜。为这件事,酒阿三很伤心,甚至夜不成眠,他多次想跟妻子摊一摊底,可是壮了几次胆都不敢开口,话到嘴边又咽了下去,他怕得罪妻子,回到家没有酒喝。

此刻,"好事"做到自己眼皮底下了,酒阿三紧握双拳,牙齿咬得"咯咯"响,真想冲进门去,揪出那个王八蛋,然后审问妻子,自己也好趁机挺一挺腰杆。但他不敢贸然行事,特别是一想到喝酒,一丈水立时退了八尺三。

这时,房内的灯忽地亮堂起来了,酒阿三呆呆地愣了两分钟,叹出一口气,拳头松开了。他转回身,拖着沉重的双腿,重新回到餐桌上,斟上满满一杯酒,一饮而尽。

不多一会,房门"吱呀"一声开了。酒阿三抬头一看,只见妻子身穿新买的一件乳白色长风衣,竖着领子,头上还戴了那顶今年最时兴的深红色翻边小礼帽,更加显得时髦、典雅,一副十足的贵妇人气派。

酒阿三醉眼迷糊,看到自己的妻子漂亮得就像年历画上的大美人,情不自禁地跳了起来,激动地喊道:"啊呀,凤珍,我的妻啊,你真是太美了!"边说边伸开双臂扑了过去。哪知妻子连看也没看他一眼,身子一闪,屁股一扭,"咯咯咯咯"出门而去。

酒阿三见妻子根本不理睬自己,心头一凉,脑袋也清醒多了。忽然他想起了什么,立即冲进房内,一看,空荡荡的。他又往床底下、大橱内搜了一遍,也没见到人,不由纳闷起来:这是怎么一回事啊?都快半夜了,妻子打扮得漂亮妖媚,会不会……想到这里,酒阿三心里直冒火,他拿定主意,立即追上妻子,去把她拦回来。

酒阿三追出家门,远远看见黑夜中有个白影一晃,他断定是妻子骑着自行车飞驰而去,随即拖出自己那辆崭新的轻骑,紧跟着白影追去,一边追,一边喊着:"凤珍,你等等,等一等我啊!"

酒阿三盯着目标眼看已经快要追上了,突然他又放慢了速度。为啥?他又害怕了,他了解妻子的脾气,自己这样追上去拦下她,后果可想而知。他这么一犹豫,妻子的自行车又飞远了。酒阿三眼巴巴看着妻子飞去又不甘心,就尾随在后,悄悄地盯着。

一会儿,到了金都舞厅,酒阿三见妻子跳下车,急匆匆买了一张舞票,扭着腰肢走了进去。酒阿三见妻子果然又去舞厅跳舞,一股悲哀情绪涌上心头,他感到自己的婚姻、家庭一切都完了,顿时又后悔刚才没有拦下妻子逼她回家。

他站在舞厅前愣了片刻,突然有了主意,他飞快地也买了一张舞票,进了金都舞厅。

舞厅里暗洞洞的,悠悠的音乐声中夹杂着一片喁喁细语,汇成一支混合交响曲。酒阿三在服务小姐的带领下,坐进了舞池左侧的3号包厢。他定了定神向四周望去,舞厅里挤满了人,灯光又暗,很难看清舞客的真面目。他正感到焦急时,乐曲又响了,随着缓慢悠扬的慢四步乐曲,一对对男女牵扯着下到舞池跳了起来。

酒阿三瞪大眼睛向四周搜寻着。倏然,随着一路追灯光束的扫射,他发现了目标,只见妻子正依在一个男人的怀里,悠悠地摇摆着,他气得浑身血管都要爆炸了,一下像弹簧似地从座位上跳了起来,他想大骂一声冲进舞池,把妻子拖出来当众臭骂她一顿。但他使足了劲,喉咙却发不出声来,双腿也像被什么绊住似地怎么也挪不开,一时急得手脚冰凉,头上直冒汗……

酒阿三最终还是没有勇气冲进舞池把妻子拖出来,他像只瘟鸡东倒西歪地走出舞厅,走进一家个体酒店,喝得酩酊大醉。

酒醒了,酒阿三发觉自己躺在酒店老板的家里,很不好意思,一看时间已是三更天了,连忙告辞,推着轻骑车往家中走去。

快到家时,他看见自己家中的门敞开着,屋里灯火通明,还传来阵阵"嘤嘤"的哭声。他不由心中一惊,酒也醒了大半,忙三脚两步跨进门,见妻子正半躺在沙发里,哭得像个泪人。他忙上前问道:"凤珍,出了什么事啦? 你快说啊!"

左凤珍见是丈夫回家,哭得更凶了,边哭边骂:"你、你这死鬼呀! 家里贼偷了,黄货现钞都、都偷走啦,天啊……""啊,贼偷?"酒阿三如遭雷劈,忙问:"什么时候偷的?""就今天晚上。都怪你,整天死在外面不回家,我,我离开一会儿啊,啊呀,我怎么办呀……"

酒阿三越听越恼火,他知道家中除了有五千元现金外,妻子的金首饰起码价值几万元,一时怒火中烧,不顾一切地吼道:"你哭个魂,只想跳舞跳得舒服,还管什么家里贼偷呀!"

"啊,你——"左凤珍听丈夫说这样的话,气得从沙发里跳起来,冲上前"啪"扇了酒阿三一记耳光,骂道,"你这死鬼,我跳舞犯什么法啦? 杀千刀,是我叫贼来偷的? 你为啥不死在家里呀?"边骂边扭住酒阿三又是抓又是踢。

俗话说"兔子憋急了也要咬人",酒阿三被惹怒了,使劲一操,揪住妻子厮打起来。

夫妻俩正打得不可开交时,公安局的老杨接到电话报警后带着助手赶来了。左凤珍立即停下厮打,把案发的前后经过说了一遍。

原来,傍晚前他们的儿子小宝被自行车撞了一跤,她送儿子到医院急救,并一直陪伴在医院里,直到半夜过后她见小宝睡着了,回家拿衣服时才发现家中被贼偷了。

"啊——"酒阿三听妻子这一说,惊叫一声,跌坐在地上,一个劲地敲打着自己的脑袋说,"我该死,是我该死,我没有追她,她是小偷,我没有追她啊!"

听酒阿三讲完事情的经过,老杨心里亮堂了,知道这是小偷在无法脱身时装扮成左凤珍,在酒阿三的眼皮底下混了出去。他沉吟一下,好奇地问:"既然你认为小偷是你的妻子,为什么一次又一次不把她追回来呢?"酒阿三懊丧万分,他沉下头不吱声。过了一会,他突然走到妻子面前,闷雷似地大吼一声:"从今天起,我戒酒。"

"啊,戒酒?"左凤珍呆了。

(陈桂娣)